U0066758

AQUARIUS

AQUARIUS

AQUARIUS

AQUARIUS

每個人心中都有一座島嶼，

藉文字呼息而靜謐，

Island，我們心靈的岸。

嬰兒廢棄物

彭心柔

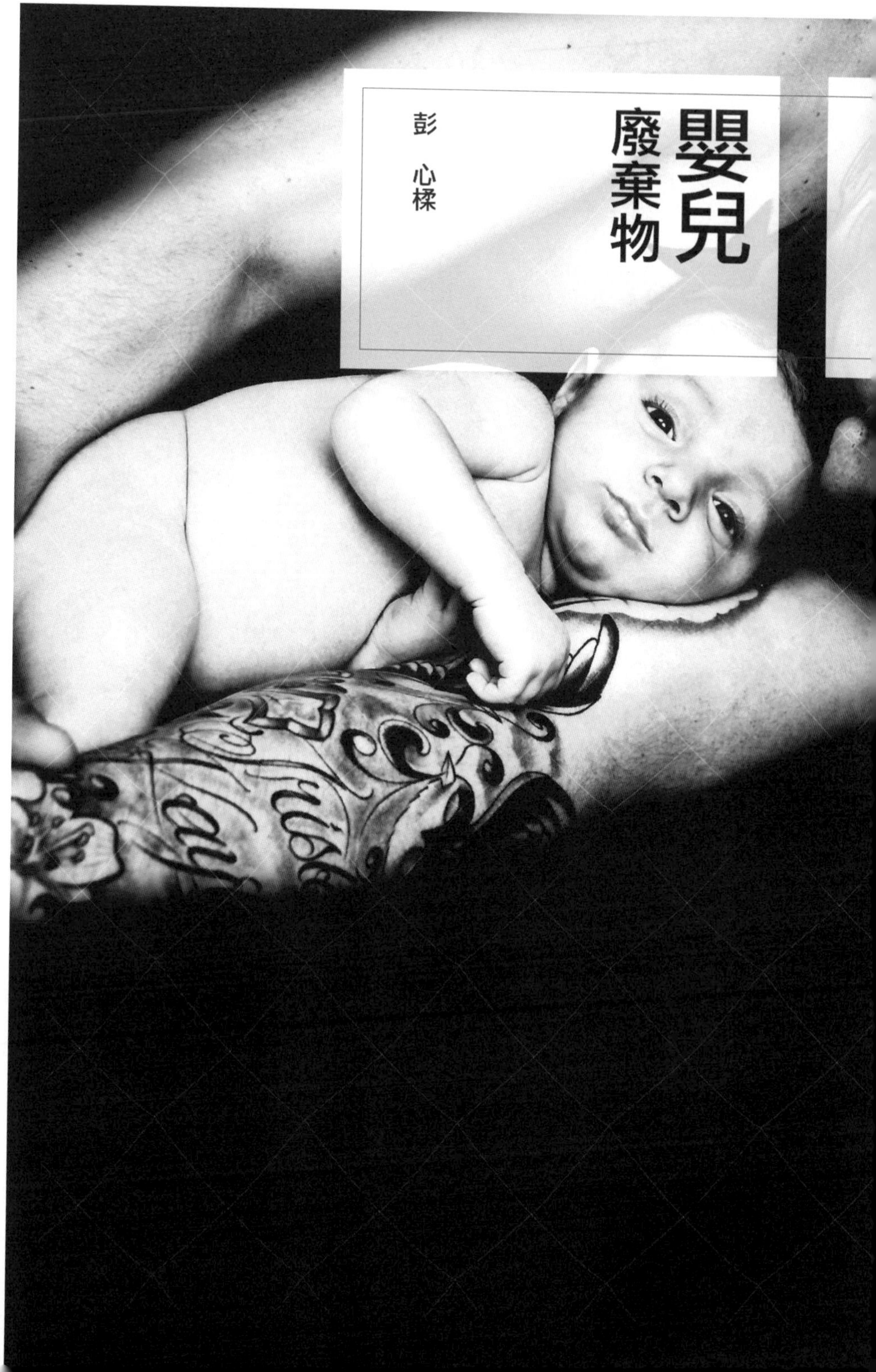

【推薦總序】

新星圖，正要羅列

甘耀明（作家）

二十一世紀以來，以台灣現代文學為研究的論文增多了。在中小學，體制教本對本土作品的編列比例躍升，寒暑假又有各種文學營，作家能見度高。遑論從年頭到年底的數百個文學獎，醉心於此的人絕對口袋滿滿。這是本土文學輝煌年代，寫手與作家幸福的時刻？

事實並非如此。在某些文藝場合，作家與出版社編輯聚一起時，總會說出最殘酷、最不忍的例子。總歸一句，純文學市場不好搞，至於細節，各有苦水，各自發揮。這不是唱衰，對此劇變尤感深切的資深作家們，最能體會，隱地感嘆本土出版業越來越難走了，陳義芝直言「文學潰散」，愛亞感嘆她目前一本書的初版兩千冊賣不完。

這樣的訊息太多，也不知「黑暗期」有多長，絕非抱著哭一哭就天亮了。這主因大環境改變，影響了讀者閱讀習慣。在上個世紀的七、八〇年代，文學書市場和現在的出版爆炸比較，算是「鎖國」狀態，外國翻譯書不少，但本土書佔了地利，吃香的很多。而且，那時的讀者帶著「硬派」功夫，閱讀的耐受性強，對艱深、篇幅長的經典文學能花時間讀完。解嚴之後，台灣書市如潰堤般湧入外國文學，九〇年代的電腦普及更影響讀者習慣，輕閱讀的時代來了，有了「網路文學」。網路文學比大眾文學輕薄，易消化，專攻青少年市場。閱讀發展至此，讀者的選擇太多了，嘴也很挑，不甜的水果不買，不會因掛上MIT就放入菜籃（網誌上常有人表態，不讀本土文學，一概讀國外作品；亦有人告誡，讀本土作品容易踩到「地雷書」），甚至轉頭就走。

套句狄更生《雙城記》裡膾炙人口的開場白：「這是一個最好的時代，也是一個最壞的時代。」事實上，台灣的閱讀市場依舊，如果查閱實體或網路書店的排行榜，不少的文學書上榜，而且年度排行榜不離小說類。當然，這些上榜的書籍十之八九以翻譯文學為主，本土書籍的光環只照在少數的暢銷書作家，本土文學孤單得像是空燒議題或無奈的安慰劑。然而，早在農漁特產品仍躲在保護政策下時，台灣閱讀市場已國際化，本土作者面對世界各地的秀異作品，是拓展自我視野的契機。往好處想，環境已成定局，如何整備態度與作品質量，才是我們未來的道路。

文學黃金年代的列車駛離了，新世代寫手才來到月台，火車還會來嗎？火車當然會來。文學可以靠一群作家創造時代的思維與流變，但寫作是個人的，強者能創造自己的列車，而不是搭便車。新人姿態萬千，活動力強，得給三本書或三年的成長期，好打造自己的火車頭。因此，期許成了面對他們的方法。然而，新人在哪？這是令人頭疼的問題。如果有人查閱「新世代作家群」圖像，每幾年被提出討論，發現他們像電子分裂，不確定、不穩定，隨時消失，留下來的又有多少？新人版圖，像是鬆動星圖，一閃而逝的流星居多，如何繼續寫下去，發光發熱，成為入此行最大考驗。

觀察這世代的作家，有兩項徵候，值得思索。

一、文學獎的迷思：這年代，新世代寫手要出頭，幾乎從文學獎搶灘，他們的第一本書是文學獎集結。台灣的文學獎越來越多，以高額獎金吸引人，本是好意，卻有不少寫手陷入追逐文學「獎」遊戲；亦有人整理出文學獎得獎公式，開班授課。文學獎應該檢討？沒錯。卻也冒出更多同質性的文學獎來攪和。參賽老手該自我約束？還是別跟獎金過不去。朱天心在評審某文學獎後語重心長地要一些常勝軍收斂，自省「初衷心」（朱天心之言也在網路引發了誰是「職業評審」的言論）。不可否認，該鼓勵新人投文學獎，淬鍊文筆，更該提醒他們及早爬出醬缸文化，免得自溺。得文學獎，誰多誰少、誰得大獎，不代表出身名校，誰還再執迷得下去才是問題。新世代作家們更有活力改變文學，但是，通過文學獎傳統機制窄門，易向既定價值靠攏，作品難免拘謹，甚至長成固定模子的扁平美貌。要像成英姝、陳雪這樣大膽野性，不通過文學獎的難見到。

二、生活經驗扁平：台灣幅員小，城鄉差距更小，大家生活經驗差不多。新世代寫手的學歷以大學居多，不少是碩、博士（這也是不少老手得寄生文學獎的主因），這些人因就學或工作，生活圈最後以大都市為主，生活經驗容易貧血與貶值，寫作不再倚重經歷，從圖書、新聞與古狗（google）轉化而來，像是「坐在咖啡館的夢想家」。這種寫法沒錯，資深作家也是如此。然而，老作家有時代轉折的資產經歷，相較之下，新人只好拿筆拜古狗大神。新世代寫手群的經驗與思維類同，如何消化醞釀題材，需要視野。況且，世代如此，已是普遍性，無須責難，唯有強者能趁勢而起，創造風格，擺脫不痛不癢的內容。這是新人的最大考驗。

寶瓶出版社推出「六人行」，這六顆新星是彭心楺、徐嘉澤、郭正偉、吳柳蓓、神小風、朱宥勳。他們有的六年級，有的七年級，橫跨年齡層十餘年。這六本作品，主要是小說，無論取材與語言，潛藏一股能量。假以時日，他們有可能羅列在文學星群，後續發展，令人期待。

這幾年來，散文與小說在類別混血外，也走到專業主題的書寫，比如旅行散文、飲食散文、同志小說等，經由專業知識、分眾經歷的包裝書寫，將作品導入個人風格，彭心楺（一九七四—）的《嬰兒廢棄物》走這一脈路徑，她有十餘年的護士資歷，在醫院看盡生離死別，將故事編織成書。毫無疑問，《嬰兒廢棄物》對護理工作的描摹詳盡、鉅細靡遺，宛如護理指南，對讀者來說這成為閱讀的另一種興味。

《嬰兒廢棄物》的節奏，採緩調的女音進行曲，嬰屍、難產、醫療疏失、藥物濫用、器官移植、植物人，每個題材背後傳遞的驚嚇指數，像是艾倫坡的驚悚小說，一再挑戰感官，緊繃閱讀神經。比如〈嬰兒廢棄物〉中的護士竊取嬰屍，帶「它」逃離醫院，卻發現無處可逃。比如〈人體產房〉中在雪地中難產的護士，荒謬的由牙醫以牙醫器材接生。比如〈忘了停頓的病房〉中一場錯誤又殘酷的貧戶截肢。或者，〈緩慢行進中的屍體〉運送大體回家。彭心楺的「護理小說」以寫實主義的筆法經營，文章結尾又接近「自然主義」，以中立旁觀的態度處理角色，甚至戛然而止，無須太多交代，總有股冷酷、無奈與寒涼的人生況味，更接近醫院前線的醫療景觀。這樣的風格在新人中具有識別度，也讓彭心楺成功跨出第一步。

徐嘉澤（一九七七—）在新人行列中，敢拚敢寫，出道至今，出書的質量均豐，小說散文皆行，書寫範圍涵蓋同志情慾、都市文化、家庭親情、童年懷鄉，是題材與類型通殺的人，後續發展看漲。《不熄燈的房》是精采的短篇小說集，徐嘉澤將以往駕馭小說的功夫與融會題材之法，再次鏗鏘出擊，技法不青澀。「鰥寡孤獨廢疾者」向來是作家最關注的人物。徐嘉澤不吝暴露企圖，以「廢疾書寫」的美學貫穿此書，融入自閉症、癌症、聽障、視障等題材，角色不外乎心靈版圖殘缺、肢體障礙到癌魔腐蝕，甚至被邊緣化的畸零人。

正因如此，《不熄燈的房》的書寫策略並不是戲劇性的廢疾驟降，而是人在殘疾之後的處世態度，如何融入家庭、人群或愛情的掙扎，沒有大幅度劇情，以心境轉折為主，向內的、定靜的、凝視生命態度的方式進行。這種「文火式」書寫，迥異於大火熱油快炒，沒有難倒徐嘉澤，反而成功展現火候。另外，廢疾書寫也正扣緊近幾年來流行的「敘事治療」風，將創傷外化，寫作者獲得新力量。在《不熄燈的房》中，〈三人餐桌〉、〈咧嘴〉、

〈不熄燈的房〉在題材與手法上互為翻版，從口腔癌手術後下頦廢缺，到狗嘴遭鞭炮炸開後的顏殘，充滿情感的不忍與淡淡哀愁，透出徐嘉澤的書寫意念。然而，廢疾者逆境圖存，人是渺小，卻被現實逼得偉大，歷經掙扎與磨難，能否到達幸福的彼岸？書以《不熄燈的房》為名，隱藏了親情的觀照與微燈守護，這是最好的寓意。

小說承載議題的容積率較大，作者能在裡頭暴露個人隱私，無須在現實面善後。當然，這不足以說明新世代為何以小說為秀場，主因是讀者取向。我就聽過這樣說法，某出版人將散文集看作票房毒藥，現代詩尤烈。寶瓶出版社這次推出的六位新人中，唯獨郭正偉（一九七八—）以散文走秀，彷彿是硬派招式的拳腳功夫場子，他打緩慢的太極氣功。

郭正偉右臉「先天性顏面神經末梢痲痺」，從小自卑，學會定靜內觀。作為都市漫遊者的觀察身分，《可是美麗的人（都）死掉了》寫他自小的挫敗經驗，到入社會心境，主題有網路、吉他音樂、疾病、同志情慾與男體冒險。郭正偉作為社會性格的文藝青年，理想尚未成灰燼，也不知道下一場盛燃的柴薪在哪，文中彌漫不確定感。《可是美麗的人（都）死掉了》是真誠的生活紀錄，動人之處在此，郭正偉大量暴露自身的「醜」與「怪」。以醜為美，以美為醜，是這世紀的審美標準，那種老是自陳情感、身體或道德完美的散文（尤其是高度讀者取向的），顯得刻意，也不真實。沒人是完整，殘病才是常態。誠懇（甚至大膽）呈現疾殘、情慾流動、膽怯害怕，成了另一種美學。《可是美麗的人（都）死掉了》走的就是這派路數，可貴的是，郭正偉不渲染自己，也不污化自己，更無須宗教式懺悔，有幾分，就說幾分，使得此書的出版更顯珍貴，有意義。

這幾年來，在電影、文學與社會文化議題上，常討論外籍配偶在台灣生活的面向。這些東南亞新移民，經過社會幾年來認同，不再被標籤化，不再是電桿上張貼的買賣廣告，她們是「新台灣之子」的母親。當然，或許是我們塗抹問題而已，這些外籍配偶的困境仍被壓抑在社會底層，吳柳蓓（一九七八—）便將這類怪現狀擺放在《移動的裙襬》。書中處處可見，青春豐美的外傭與外配，填補了「婆娑之洋、美麗之島」男性們的慾望缺口，成了機械子宮、活體充氣娃娃、人蛇集團賣淫的搖錢樹、殘缺男子的傭人。

然而，令人訝異的是，《移動的裙襬》並沒有因為處理相關議題而沉重，成了這類的主題書寫中，最生動有趣的小說。多虧吳柳蓓的語言活潑有特色、節奏明快，很會說故事，這是闖蕩江湖的最棒輕功了，令人羨慕的才女。《移動的裙襬》有幾篇幽默生動，不拖泥帶水，讀來大快人心，在台灣文壇，這種寫法向來甚少由女性出招，引人矚目，如〈吃李嬷的豆腐〉、〈印姬花嫁〉、〈魔法羊蹄甲〉、〈菲常女〉、〈傻瓜基金會〉等，讓沉痛的社會議題有了輕盈浮力，風格幽默、俏皮，卻不輕浮，甚至看得出來，外籍與外配的生命力強悍，不再是弱勢，穿透台灣法律與道德的鐵牆，經過多年的歷練與轉變，她們從羞澀新娘，成了掌權的老娘，蔚為奇觀。

好了，「七年級」的神小風（一九八四—）上場了。《少女核》以重量級的少女漫畫之姿降臨，給人另類的閱讀感。神小風向來以長篇小說出招，有意跳脫台灣文學獎以短篇小說為科舉競技，同時展演她對同世代文化的細膩觀察。《少女核》印證新世代的次文化，上網打怪、留連網路、手機重症，對流行文化高度敏感，卻對現實的世界焦慮徬徨，無法與父母應對，只能以謊言敷衍。這令人想起東洋味的「蘿莉泰」。「蘿莉泰」原本從納博可夫的名著《蘿莉泰》（Lolita）而來，是十二歲少女之名，經過日文流行文化浸潤，成了某種特定少女族群的代名詞。這群少女面貌青澀、裝扮可愛、衣著如漫畫的少女，甚至指拒絕跨越到成年者。日本味「蘿莉泰」成了青春期無限延伸者的代名詞，《少女核》就有幾分這種「不願長大成人」的味道。

《少女核》開始，張舒婷與張舒涵這對姐妹逃家後，敘事不斷插敘，將記憶拉回更年少時，這種拖著青春期尾巴不願割捨的「蘿莉泰」姐妹，在原生家庭是敵對關係，沉溺於網路聊天室，最後受引誘而離家。其中，張舒婷的愛情隨之而來，性愛也輕浮，屬於強烈肉慾的。至於妹妹張舒涵，則是精神的，內觀的人生。姐妹互為表裡，性格互補，也互相凌遲，這種設計目的，小說最後揭露的謎底像是電影《鬥陣俱樂部》的女聲翻版，一人分飾兩角。《少女核》虛虛實實，暗喻指涉，看得出神小風不甘將此流於故事表層，使得《少女核》內在結構多了些有趣的翻轉與意義，有待讀者深究。

「六人行」最後的壓隊人物，是二十出頭的朱宥勳（一九八八—）。他出道早，高中時以〈晚安，兒子〉拿下台積電文學獎首獎，卻因為該篇曾在網誌發表，違反徵文規定，資格遭取消。此案例成了文學獎投稿禁忌的活教材。事後，朱宥勳哂然以對，筆耕不輟，終於在四年後的今天交出處女作《誤遞》，算是扳回一城。《誤遞》依取材可歸納成兩類：愛情與親情。這樣的分法，頗符合朱宥勳自己對此書下的註腳：「有的時候他會悲傷，有時候不知道怎麼面對情人，更多時候和家人隔著冰峽遙遙相望。」愛情與親情是他目前生活焦點。也誠如他所言，《誤遞》有股淡淡哀愁，偶來的「悲傷」，或一瞬間不尋常的傷感。

親情與愛情常常是新人下筆之處，難免出現老梗，但是朱宥勳寫來不落俗套。愛情類的〈倒數零點四三二秒〉、〈白蟻〉、〈煙火〉等，朱宥勳用棒球運動、人類學作為寓意象徵，明陳生命的虛無，藉此形塑愛情觀。在親情類的〈壁痂〉、〈末班〉、〈墨色格子〉等，也用類似技法，手法巧妙。

這反映了朱宥勳在寫作之途，越來越懂得現代主義文學的功夫，這與他在高中時期寫的樸實風格的〈竹雞〉，截然不同。現代主義文學在台灣是重要的脈絡，成就不少作家，如白先勇、張大春、駱以軍等人。朱宥勳的這種風格，隱約有了接承姿態，再加上《誤遞》彌漫老靈魂的陳述味道，使他在新世代中闢出一條自己發聲的獨特風格，特別顯眼。

以上這六位文學新人，一起出陣，隊伍壯觀，星光懾人。我想，給新人肯定之餘，也給寶瓶出版社更多掌聲。在今日多數出版社視新人出版為寒冬顧忌的年代，寶瓶出版社讓新人擁有麥克風與舞台，是多麼溫暖之事。

目錄

緩慢行進中的屍體

手術台上平躺著的病患肚子，裸露在綠色無菌單外。實習醫生埋低頭，口罩及帽子遮住大部分的臉，只看見他眼鏡下細小半開的雙眼，正對著一道滲血傷口。在不斷滲血的孔洞中，他用一隻手將彎針勾進皮膚，再順著尼龍線拉出，另一隻手捏住尼龍線末端。實習醫生打完結後，我在線頭上方約一公分地方剪斷。再一次重複剛才的步驟。在縫合傷口的過程裡，沾染血跡的尼龍線在他寬大的手中滑開兩次。

縫合手術已經進行到一半了。掛在手術房白色牆上的時鐘，正好停在九點鐘。看著時間，我跺著痠軟的雙腳，在腦海中盤算，等會下刀之後要趕快回到休息室躺平。

等待的過程裡，我一直看著被消毒藥水塗抹成褐黃色的乾扁身軀。在肚臍下方，一條黑灰短小的陰莖半裸露在綠色無菌布單上，沒有辦法充血的陰莖，像是被曬乾的茄子，往尿管垂掛的右邊方向彎曲。

一個小時後，我離開手術房，把穿綁在身上、沾染血跡的無菌隔離衣服及包覆頭髮的帽子脫掉，丟到污衣桶內。我快步經過自動門，走出手術房。手術房外淺藍色塑膠椅上，坐著一位約莫五十來歲的婦人。她雙眼專注看著高掛在牆上的電視，畫面裡是一個年輕媽媽對一個躺在床上的小男孩說話。

我聽不見年輕媽媽對小男孩說什麼。當電梯門自動開啟時，我搭進電梯直達九樓病房旁的「護理人員值班室」。

值班室裡空盪盪。房間入口處站立一支八爪衣架，上面掛著一件白色長袍。牆角邊有一張鐵製的單人床，床上疊放一件粉紅色棉被和枕頭。一張小型夾板木製桌上，平放一台十五吋電視和一具電話。

我穿著手術房制服，疲憊地躺在床上。兩隻瘦軟疲倦的腿越過棉被枕頭，架高在牆壁上，雙眼直盯天花板發愣。

天花板是由一格一格的石棉瓦裝潢而成的，每一格石棉瓦上佈滿密密麻麻螞蟻般細小洞孔。看著孔洞，我在腦海中不斷翻轉想像。我在這家醫院工作多久了?八年、九年還是早就已經超過十年？

腿部開始感到刺麻時，我將雙腿從牆上放下到床舖上，停歇一會後才站起身走進浴室。脫下綠色制服，將水龍頭扭轉開來。一道瀑布般的水流，從蓮蓬頭裡噴灑出來。

水溫漸漸變暖。我靜靜地站著，讓不斷湧出的水流，從頭頂慢慢流過全身。水泡和洗髮精、沐浴乳凝聚成的白色泡沫，不斷往排水孔鑽擠。

浴室裡的方形鏡子變得霧濛濛，水蒸氣也開始沿著白色磁磚鋪成的牆面緩緩滴落。抽風機轟隆隆響徹，浴室還是充滿厚重濃密白色霧氣。我感到空氣中的氧氣變得稀薄時，才走出浴室。

牆上時間，十一點三十分。

不知不覺中，待在浴室的時間又超過一個鐘頭。

淋完浴之後，我擦乾身體重新躺回床上，從床旁邊的紙袋裡，拿出租書店借來的羅曼史小說，翻開夾著書籤的頁面，繼續往下閱讀。

被柔軟的熱水溫潤過的身體，有一種遍達全身的脹熱舒服感。在溫潤舒服的身體裡，我感到一股濃郁的燥熱。我知道這種感覺不是每次洗完澡之後都會出現，通常在月經來潮前的一個星期左右，會特別強烈。

我靜靜躺在床上，這時，門外有人壓低聲音交談著，像空谷中的回音彌漫在四周。我放下手中的書，仔細聆聽，想聽清楚他們談話的內容。聲音很輕，很低沉。即使全身的毛孔細胞都已經張開，還是聽不見他們談話內容，只能隱約分辨出應該是男性嗓音。

我瞥一眼牆上時鐘。一股睡意混合慾望席捲全身，身體像是被千斤重的鉛錘拖住慢慢往下沉。閉上眼睛，天花板上白色日光燈強烈照射在眼皮上。室內冷氣溫度調整在二十六度，我裸著身體，躺在棉被上，兩隻手交疊在肚臍上方。

從冷氣口送出來的風，清涼地撫過全身皮膚。放在白皙腹部上的右手，在肚臍與胸部之間來回撫摸。不知道經過了多久，右手手指經過濃密披覆恥骨處的陰毛，來到微微突起的丁點小丘陵上，緩慢觸碰。

每一次碰到丘陵地般的核心時，一陣酥麻就會從身體鼠蹊部正中央傳遞出來。當這種感覺從身體發出時，我就會停止碰觸。然後，又用同樣緩慢的速度重新開始。

我喜歡這種感覺。

時間一分一秒過去，房間門外像蜜蜂振動翅膀的嗡嗡聲音不斷傳進耳朵。聽起來像是有兩三個男人低低切切在談論些什麼，我再次豎起耳朵想要聽見他們談話的內容，卻什麼也聽不清楚。

空盪盪的值班室裡，鐵製床架隨著我身體的翻動，偶爾會發出吱吱嘎嘎聲響。除了門外的聲音，胸口怦、怦、怦巨響隨著酥麻感傳到腦中。

聽著門外傳來的聲音，我開始想像男人的長相。浮在腦海中的模糊臉孔，倒映在閉闔眼皮上，隨著光線不斷跳躍。我不斷想像男人模糊的表情，模糊的眼神和模糊的聲音。手指在三片瓣肉的中間溝槽裡，沾染漸漸潤滑黏稠的濕液。

這時，電話聲突然響起，我睜開眼睛還來不及反應，電話聽筒就已經握在手心。

喂，值班室。我帶著像是還未甦醒過來的聲音說著。

這裡是加護病房，我們有一個病人要送回家。

好，我馬上下去。

正要掛上電話，我瞥見牆上時鐘指著十一點五十五分。

請問要送回哪裡？

苗栗。對方說完重重地掛斷電話。

苗栗。我感到胸口一陣悶痛敲擊。那是我出生的地方。

我揉一揉乾澀眼睛，心底想著台北到苗栗之間的距離。

苗栗。過去的記憶模糊地浮現腦際。

我離開家的時候是幾歲？

往台北的國光號到底行駛了多久才離開苗栗？

已經記不起來，到底我有多久不曾回家了？

甩了甩頭，我從紙袋裡取出乾淨的護士服。在穿上它之前，看了一眼剛才躺臥的床鋪。

走出房門前，我順手將掛在八爪衣架上的白色長袍披在身上。

電梯正好停在九樓。在我按壓鑲嵌在長方形框架上的數字3時，電梯門已經關上。

8、7、6……牆面上阿拉伯數字慢慢遞減。

妳只是送一個病人回家而已。

苗栗這麼大，搞不好那個病人的家離妳家很遠呢！

在我腦海中不斷出現這些亂碼般跳躍的句子。我深深吸了一口氣，開始算數台北與苗栗之間來回的時間。

救護車奔馳的速度比國光號來得快，一個小時後就可以回來這裡。

這一切很快就過去了。

來到加護病房門口，我將識別證放在讀卡機凹槽處，順手滑過。一道霧面玻璃門，順著地上的軌道沉重緩慢打開。走進加護病房裡，整個身體被一道寒冷氣息淹沒。

眼前一張一張整齊排列的床上各自躺著一個身體。

或僵硬癱直。或側躺彎曲。

每一張床上的臉孔，都閉著眼睛，或者是被一層白色紗布覆蓋。空調轟隆隆在天花板裡不斷響徹。我聽見呼吸器幫浦，在輸送氧氣給病人時，不斷發出尖銳聲音。心電圖監測顯示儀器上，在不同病人身上發出不同的律動。或緩慢或急促地不停發出兜、兜、兜……

有一位護士站在病床邊，手上拿著一條細長透明的管子，來來回回插入病人口腔及供給氧氣的管徑裡。一坨沾附在細長透明管子裡的黃白色黏稠痰液，在通過管路時發出巨大聲音。唧吱、唧吱、唧吱……

我往護理站方向走過去，穿著粉紅色制服的護士坐在那裡。掛在護理站內的白色時鐘，黑色時針剛跨過午夜十二點。一位護士正埋頭處理散置在桌面上的病歷。我看著她頭頂上的粉色帽子問，家屬去辦手續？

沒有家屬。她說完繼續低頭處理手中事務。

沒有家屬？我在心底疑惑。

距離護理站最近的一張病床上，有一具被白色布單披蓋的身體。透過白色布單，那躺在床上的形體，像木乃伊。那是一具沒有佔據全部床位的身體。說得更正確一點，那是一個身材矮小但略顯肥胖的身軀。

這一瞬間，我好像看見父親身影，矮小略顯肥胖的他。

不可能，這裡是台北。

不可能是他，過去躺在那張床上身形相像的人太多了。

我深吸一口氣，將注意力轉移到別處。一台急救車靠在護理站旁，檯面上散置一堆空藥瓶、氧氣罩……。電擊器也擺放在走道中央，看起來像是臨時演員。加護病房裡的護士，臉上都掛著白色口罩，頭髮也包覆在粉紅色布製帽子裡。

從我進來到現在，她們的雙手一直忙碌沒有停止過。有一位護士站在病床旁，將手中的注射針劑，打入高掛半空中的點滴瓶裡。有人坐在床尾附近的椅子上，拿著病歷謄寫。距離護理站最遠的角落裡，也有兩位護士正在幫病患翻身拍打背部。

日光燈散出的白光，明亮照射在每一張病床上方。大部分的病人全身都披蓋米黃色薄棉被，也有的病人只蓋肚子，後腦勺下方及背部的地方露出紅色塑膠冰枕袋。

披覆在白色布單下的屍體，在燈光照耀下顯得更加慘白顯眼。我再次詢問坐在護理站內的護士，呼吸器都已經拔掉了，幹嘛還要護士？

家屬說，希望有人陪他回家。她仍然忙碌處理散置在桌面上的病歷，抽空抬頭看了我一眼。

他家在苗栗哪裡？我聽見自己心臟噗通噗通跳動。

已經跟救護車司機說了，他知道。司機大哥等一下就會上來。

我佇立在護理站旁。一位長得矮小細瘦的護士，拿了兩只疊合在一起的口罩遞給我。她說，我應該不用跟妳交班，反正只是送回家而已。

我掛上口罩，隨口說聲謝謝。

過一會，司機推著移動式床架，從門口方向走過來。他將移動式床架停在躺臥屍體病床的左側，我站在司機旁邊，隔著移動式床架面對屍體腿部區域。護理站內的兩位護士，走到我們對面倚靠病床邊。

我和司機一起半跪在移動式床架上，四個人同時抓起包覆床墊的米黃色床單。有人喊，一、二、三，屍體在半空中停留數秒後，從病床上挪動到移動式床架。

癱軟沉重的屍體。我的手透過白色布單，在強烈冷氣吹撫下，仍舊可以感覺到屍體剩餘的溫度。像父親身形的屍體，散發出來的微溫。就像那一天，從父親嘴巴吐出來的氣味，帶著夏日溫熱的濕黏。

那兩位護士把屍體放到移動式床架後逕自離開。司機將移動式床架欄杆拉起時，順手把罩住屍體的白色布單拉平整齊。

我扶著移動式床架的床尾，尾隨屍體前進。

推著屍體，我們往剛才進來時的方向過去。在轟隆隆響個不停的冷氣聲中，還夾雜儀器運轉發出的聲音，拍打背部的聲音和護士喊叫的模糊話語。

沒有家屬哭泣的聲音。

我們乘坐設置在太平間旁的專用電梯，到急診室出入口處。司機熟練地將屍體推到救護車上後，進入車廂內。他從床架兩旁拉出安全帶，橫綁在屍體身上。

等一切都弄妥，司機離開車廂。我坐在與屍體平行的黑色長條軟墊椅上，看著救護車車頂上的紅色燈光，在玻璃窗上閃爍旋轉。喔咿喔咿喔咿的聲音，隨著紅色燈光在寧靜的夜裡不斷迴響。

當救護車掀背式車門被關上的那一刻，戶外的空氣被阻隔在車廂外。我感到一股發麻刺疼感從腳底竄升到頭皮。一瞬間，從屍體身上傳來的陣陣酒味很快就瀰漫整個密閉車廂。我憋住氣，環看車廂內部。屍體頭部上方，掛著一桶氧氣筒，和一箱急救時所需的器具。司機坐進前面駕駛座位上。

我試著閉起眼睛，想用大腦控制嗅覺。

閉氣。過沒有多久，我喘口氣，反而讓更多的氣味吸進肺腔裡。

我再一次閉氣。就在快要感到窒息時，趕緊又深吸一口氣。

一切都沒有用。

愈是將眼睛緊緊閉闔，過去的氣味就連同現在的味道，一股腦兒地飄浮在鼻腔裡。看著屍體平穩架在眼前，我身體皮膚上的微細毛髮全部豎起。我感到一股寒意，在初夏的深夜車廂裡。

這是我第一次面對屍體會害怕。

救護車輪胎開始轉動時，我的身體往前傾倒，差一點就壓到白色布單下的屍體。我重新調整姿勢，背部緊緊貼靠車廂牆壁面向屍體。

喔咿喔咿喔咿的聲音在車窗外急促響起。車子在巷道內左拐右彎，我的身體重心也跟著偏左傾右。

整個車廂裡只有三個人。坐在駕駛座位上專注凝視前方，穩健操控方向盤的司機，和在後車廂中的我們。

司機待處的前座，與載送病患的後座之間，隔著一層透明玻璃窗。車窗外霓虹燈閃爍，一道又一道七彩光線，穿透黑幕般的窗戶射映在白色布單上。我挺起背，靜靜坐在椅子上，看著繽紛明暗的幾何圖形，在快速行進的車廂內不停地在屍體上轉換。

車廂裡依舊彌漫味道。臉上戴的兩層紙一樣厚的口罩，沒有辦法抵擋像嘔吐物的氣味。我閉氣吐氣、閉氣吐氣，不知道經過多少次，救護車已經快速駛離空晃晃市區街頭，奔馳在筆直的高速公路上了。

透過救護車後方大塊方形窗戶，可以看見尾隨在車後的車燈，一朵一朵像掉在河面上發光發亮的天燈。和車廂外的夜色比較起來，車廂內的色澤顯得黯淡沉重許多。

屍體和我共同位處的車廂內，只有一盞鑲嵌在車頂上的昏暗燈光兀自發亮。剛才在屍體白色布單上的瑰麗光線，只剩下一片昏黃。我聽著救護車發出喔咿喔咿尖銳響音，以及車子行進中被輪胎捲起的風聲，在寂靜無聲的車廂內不斷響起。

我在心底唸誦，阿彌陀佛、阿彌陀佛……

「阿彌陀佛」的助唸詞，是工作這麼多年以來，從病患家屬身上學來的。每一次，當病人被醫生宣佈急救無效時，病患家屬都會帶著無法抑制悲慟的表情，雙手合十放到胸前，口中不斷喃喃自語，阿彌陀佛，阿彌陀佛，阿彌陀佛……

在那樣子的氛圍中，有如喘息般的句子，就像巨石滾落地面後發出的聲響，一句緊接著一句地傳遞到我的耳際。也就是在那樣子的氣氛濡染下，我也開始跟著複誦。但是，我從來都沒有像家屬一樣，喃喃自語般蠕動嘴唇。

我只是在心底唸著。毫無表情地跟著唸誦。

這時候的家屬，都會做最後一個請求，或者問一些可能是這輩子第一次發問的問題。

醫生，可不可以讓我先生留最後一口氣回家？

護士小姐，我奶奶可不可以穿自己的衣服回家？

是不是能夠請一位護士小姐跟我們回去？我怕我們不知道要怎麼幫他穿衣服？

回到家以後，我們要怎樣把管子拔掉？

最令人印象深刻的話語，是從一位八歲的小男孩嘴裡說出。媽媽把我的槍藏起來了，還沒有還給我。

在面對已經死去的人時，這些，像不是從人嘴巴裡發出的艱澀話語，在悲傷漫溢的周遭空氣中模模糊糊響起。

包裹在白色布單下的屍體，隨著救護車行進的方向，左右、左右晃動。屍體被束在安全帶裡，只是輕輕搖擺。看著屍體，我在腦海中想像，這個和父親有著相似身材的人，是做什麼工作？屍體的家人為什麼沒有來醫院？這具屍體在最後一刻，心裡在想什麼？

我甚至忘記問加護病房的護士，眼前這個屍體到底是男的還是女的？

挪了挪屁股，我將身體稍微往前傾，兩隻手肘放在大腿上，用手掌支撐下巴。到底是男的還是女的？帶著恐懼又好奇的念頭，我想要掀開白色布單，看一下屍體的臉長得什麼樣子。就在我的臉靠近屍體頭部上方，一隻手正要慢慢地掀開白色布單時，車子像是掉進一個窟窿，使得我身體重心跌落在屍體上方。一會兒，車子又像是從窟窿中奮力爬出後平穩奔馳。

透過白色口罩，我的臉和屍體碰撞在一起。只是輕輕碰觸。我趕緊把臉移開，讓身體坐直緊貼靠住車廂牆壁。

心跳聲像擂鼓般，咚咚咚……咚咚咚……

這時，陣陣噁心感伴隨胃酸，不斷從胸腔沿著食道逆流噴湧到嘴巴。

酸臭的氣味。嘴巴裡都是胃囊中反流出來的味道，我打開窗戶，將頭伸出窗外，在快速流動的風中吐出口中的酸水。窗外的空氣沁涼清爽，我將頭放在窗邊深深吸了一口氣。

當頭部出現發冷刺痛時，我關上窗戶，重新坐回車廂內。剛才車廂內厚重的酒味、酸臭味，被外面流動的空氣稀釋了。

我想起，第一次聞到這種味道是在父親身上，那是一股酸臭腐壞又混合濕黏汗水般厚重的氣味。在酷熱暑氣裡沒有辦法蒸發的味道。

不管白天還是晚上，每當醋酸般油膩味道出現時，我就會想去洗澡。

我重新調整坐姿，緊靠牆面。窗外光線漸漸明亮，當亮白光線從四面窗戶照射進來時，救護車已經停在中間車道的收費站旁。

喔咿喔咿聲音橫跨在南北方向的線道上。收費員戴著口罩，只露出一雙眼睛。那對眼睛一直看著司機手中的過路票券。

屍體，靜止不動。除了我以外，沒有人注意車廂裡的屍體是靜止不動的。

我抬頭看向窗外，「泰山收費站」斗大的字，像一根橫樑壓在心頭上。我感到胸口一陣悶窒。

苗栗就快到了。苗栗就快到了。

這時，司機重重地踩踏油門，使得我身體上半身往車子後方傾倒。我拉住欄杆，重新將身體重心調回正中央。

我舉起右手，在前座與後座之間的玻璃窗上，輕輕「叩叩叩」。

外面風聲很大。司機沒有回頭。

微亮中，透過後視鏡，我看見司機專注凝視前方的眼睛。我停止敲拍玻璃窗。

明亮燈光離救護車後方愈來愈遠。車廂內光線，又回復到昏暗模樣。在微弱光線中，我將兩隻手掌互相併靠在一起。

拇指，碰觸後彈開。食指，碰觸後彈開。中指，碰觸後彈開。無名指……

我又想起那個夜晚，窗外滲透進來的月光，照射在手上拳握的陰莖，在柔淡光線中，皺黑癱軟的陰莖散發一點點光亮。一根手指頭順沿青黑色筋脈滑過。第二根手指頭……陰莖愈來愈大。瘦小無肉的五根手指頭，在黑暗中圈住不斷蠕動的陰莖。

救護車不斷在快車道、中線道以及慢車道上穿梭飛馳。一輛一輛的車子，又變回一朵一朵燈光被遠遠拋在後面。

黑漆漆車廂中，白色布罩下的屍體又開始隨著車子震動。

我繼續玩自己的手。握拳互擊。相扣互握。一根一根分開來把玩。

白色布罩下的手指長得什麼樣子？是不是像父親的一樣，雖然短小肥胖但很有力氣。

我看著互相交疊在一起的手，想起第一次站在手術台邊的樣子。那是我第一次當醫生的主要協助者，手術進行得很緩慢，我遞器械的動作一直很不順利。過大的手套戴在我手上，像是還沒發育完全的陰莖戴上保險套的滑稽模樣。

那是一個開腦手術的權威醫生主刀，在場的流動人員都在替我捏冷汗。那場手術，主治醫生下刀之後，只是跟我說，下次戴小一點的手套。

這麼多年過去，我的手一直沒長大。像是在那年夏天之後，一切都停止了。

黑暗中只有我和屍體。司機在隔著一層玻璃窗的駕駛座上。一陣鬱悶糾結心頭，在我心中漂浮的恐懼，隨著車子奔馳速度，愈來愈濃郁。

家屬如果在這裡的話，也許一切就不一樣了。一路上，可以聽見家屬述說一些關於死者過去的生活片段。

他得到胃癌時，還不肯放掉工作，就是想讓我們母子過好一點的生活……

我爺爺很怕我奶奶，可是他對我奶奶很好，我希望能找到像爺爺一樣的人生活一輩子。

為什麼你那麼早就走，我跟孩子怎麼辦？嗚……

窗外的風透過車窗縫隙，咻咻經過我耳邊吹進車廂內。夜晚寒冷氣息滲透進衣服領口，我感覺到有一點冷，將白色長袍領子翻高護住脖頸後，順手把兩隻手放進兩側口袋。

右手伸進口袋時，碰觸到冰冷的圓形硬物。我拿出口袋裡的東西，在微弱光線下，看見兩枚金銅色五十元硬幣微微閃爍光亮。

是誰忘記把口袋裡的錢帶走？我把兩枚硬幣，捏在右手食指和拇指之間互相敲撞。口中低低切切哼唱歌曲，不成調慢慢哼哼唧唧。緩慢鏗鏘的銅板響音，隨著節拍在車廂裡清澈響亮。

為什麼父親的口袋，總是會有錢幣發出利利勒勒的聲音。當錢幣碰撞的聲音在屋內漸漸響起時，我就會坐在床上安安靜靜專注聆聽。

一直到聲音結束。

救護車從內側車道駛離，往右側行駛到路肩道路之後停了下來。窗外黑壓壓一片，連耳邊的風聲也在車子停止的時刻一同消失，不過引擎聲持續運轉著。捏握在手上的五十元硬幣，靜止在手中。

司機坐在駕駛座位上，轉身用手對我比劃，口中也像在說些什麼。我還來不及告訴他我聽不懂時，司機已經離開他的駕駛座位，步出車外。他繞過救護車車頭，來到靠近我這一側的草叢坡地邊，站在路邊護欄旁面向草叢。

我的視線緊緊跟隨司機。遠方天空亮著鼠灰色色澤，偶爾有車輛急速駛過。

我打開窗戶推開約莫一個手掌的寬度，將頭微微靠在窗邊。取下臉上的口罩之後，一道清涼晚風輕輕滑過臉龐。我深吸一口氣，吐氣，再深深地吸一口氣。窗外天然樹木所散發的淡淡香氣，充滿胸膛。

一輛車子急速行駛經過。車燈照射在司機身上，像蛞蝓爬過的銀白透明線條，在司機生殖部位附近閃閃發亮。當車子離去時，閃爍的光亮也跟著消失。

我看不清楚司機的臉孔，隱約中聽見掉落在草叢的水聲，像關不緊的水龍頭滴答滴答在黑暗中響起。

銅板在褲袋裡撞擊的聲音又開始了，父親又要出去了。他一直沒有抬起頭，逕自往房間外方向走。他愣在門邊，停頓一會後將手伸進褲袋裡。在微弱視線中，我看見他掏出揉摺成一團的東西放在書桌上之後，又伴隨銅板鏗鏘聲音離開臥房。

這時他將客廳的電燈打開，再將廁所電燈打亮走進去。

為什麼父親從來都不會順手將門關上？

我靜靜躺在床上，看著半掩的門外透進來的明亮光線，灑在門邊地板上。房間內，除了透過窗簾縫隙透進來的柔淡月光之外，就只剩下寂靜和父親遺留在房間內的氣味。

在還沒有聽見馬桶座掀翻的聲音時，隔壁廁所就傳來滴滴答答的水聲。父親小便的聲音，有時候像洩洪般響亮，但是大部分的時候，都是抽抽搭搭停頓良久。

就像現在，我坐在光線晦暗的車廂內，靜靜聆聽水條落在地面的聲音。

司機又回到前面的駕駛座位上。我將窗戶關上，斜靠在車窗邊。躺在我前面的屍體隨著車子移動，搖搖晃晃。我的身體也跟著震動搖晃。

沒有人說話的聲音。我想起剛才看了幾頁的羅曼史小說，如果帶在身上，也許現在就不會那麼無聊了。

坐著坐著，過去的記憶像是夜裡的一頂黑色帳篷，讓人喘不過氣。我感到極度疲憊，好想躺在床上，什麼都不想地就這樣睡著。

車子繼續在高速公路上奔馳。

現在幾點了？要到苗栗了嗎？

窗外還是一片昏暗，看不到路標指示。我將眼睛閉上，身體緊緊傾靠在車廂邊內離屍體遠遠的。

一道一道光影在眼皮上掠過。恍惚中車子減速停在光亮處，然後又是一道一道光線和急速奔馳而過的風聲。

救護車速度漸漸變慢。我睜開眼，三個車道上的車輛，全部匯聚到外側車道。中線道白色標線上，沿途置放圓形三角架。前方綠色標誌上白色斗大的地名，被燈光打亮。

三灣。頭份。兩公里。

我不禁打了個寒顫。

這一切很快就會過去。

只要將屍體送回家，然後回到台北，一切又會回復正常。就像昨天一樣。

車子一輛接著一輛緩慢通行。夜晚穿著橘色發光制服的工人，三三兩兩站在內線車道上進行挖掘工程。

救護車經過像甬道般窄小道路後，又重新飛奔起來。我彎下腰，將臉埋在雙手裡。透過指縫，近距離看著屍體。

車廂裡的酒味和血腥味好像消失了？

我凝視眼前屍體的頭部形狀，然後將右手撐開，在屍體臉上的地方開始丈量屍體的長度。

像父親身形的屍體到底有多高？

黑暗房間中的父親身影，在微弱光線拖影中像巨獸般龐大。眼前的屍體，像倒映在牆上的影子，就像巨獸一般令人害怕。

這具屍體到底是男的還是女的？

等我再次抬起頭看窗外時，救護車已經駛離高速公路，往市區街道方向穿梭。沿途中一棟一棟房屋的電燈大部分都已經熄滅，只有少數幾間招牌還亮著黃光。

救護車緩慢地穿梭街頭。有時候司機會停在某個房子前面，將頭伸出車窗，有時候救護車又快速奔馳起來。透過透明玻璃窗，我看見司機一隻手握著方向盤，另一隻手拿著一張白紙。

我敲一敲前座與後座之間的玻璃窗，這時司機正好停在一間學校校門口。我抬頭看見校門口。一瞬間，我感到腦部眩暈，揉一揉眼睛再次確定眼前的地方。

這是我小時候念的學校。

我尋著記憶中的印象，從校門口往回家的方向探視過去。黑暗中我看不見市區街道上的招牌。我對著街道方向注視凝望，想看清楚家的位置。

寂靜闃黑的深夜裡，除了幾隻走動中的野狗外什麼也看不見。隱約中，可以感覺到街道上有些商店已經變換模樣。就連學校旁邊的小書攤，也改成連鎖書店。

不一會，司機將救護車開往遠離鬧區的方向。爬上坡，轉了一個彎，在加油站內停下來。夜晚值班的工讀生，張大嘴巴喊著。我聽不見他的聲音，只看見救護車司機，指著白色紙張上的地址。工讀生的手指向黑壓壓的馬路盡頭，忙碌地比劃。

通過一條長長的兩線道路後，救護車彎進一個小巷弄裡。在黑漆漆一堆低矮房舍中，有一間房子屋內露出白光，門口披掛一張白色棉布。

救護車車頂的燈光兀自旋轉，喔咿喔咿尖銳的聲音在車子停在門口時就已經停止。紅色燈光閃爍在門口白布上，像一朵綻開的紅色玫瑰花，開了又謝，開了又謝。

司機掀開救護車後車門，將屍體從車廂內拉出去。我尾隨正在移動中的屍體，在夜色裡，哭喊的聲音在那個門裡此起彼落地傳過來了。

嬰兒廢棄物

嬰兒呢？正當我這麼想時，手術室護士抱著嬰兒站在眼前，要我把嬰兒送到太平間。還來不及回應，嬰兒已經放到我懷裡。嬰兒的眼睛嘴巴緊閉，臉孔皺在沾黏乳白色胎脂的青黑色皮膚上。

我忽然想起，一直都沒有聽見嬰兒哭聲。

環視手術室，年輕產婦維持平躺姿勢，肚皮上敞開的洞像一張塗滿鮮豔口紅的豐厚嘴巴，圓隆飽滿的肚子變成癱軟變形的球。醫生繼續低頭縫補破了洞的肚皮，手術室護士站在離我不遠處忙著清理凌亂桌面。沒有人抬頭看我一眼。抱著嬰兒，我不知所措，只能愣愣盯著年輕產婦。剛才把嬰兒放到我懷裡的手術室護士，一張臉緊繃嚴肅示意我趕快離開。我指了指年輕產婦，然後把嬰兒放到她身旁，不管從哪一個角度看，他們相似的臉龐都與安靜的周遭融合在一起。手術室護士發現後，立刻抱起嬰兒放到我懷裡，幾乎像丟過來似的，迫使我用力抱住嬰兒。

躺在治療車上的嬰兒身體剛好佔據檯面。安裝四個輪子的治療車，行進中不時發出吱吱嘎響，嬰兒的表情沒有因為聲音而改變。光開始移動。從無影燈旁的幾盞室內燈光投射出來的光線，照在嬰兒臉上，沒有遇到任何阻礙沿著一個完美弧度移動，一眨眼時間，光線就消失在我們身後。

推著治療車，車輪發出吱吱嘎響的同時，偶爾卡住無法動彈，治療車突然停止，正好撞上我的腰際。力道不大也不小，剛剛好使得嬰兒的身體在治療車上輕輕晃動。

嬰兒沒有哭。但在我耳朵裡還不斷聽見，快快快……的聲音。

剛才這句話是誰說的？我一點都想不起來。

死了嗎？推著治療車，我喃喃地說，怎麼會死了？

治療車車輪又卡住，這次，碰撞的力道過於猛烈，嬰兒差一點摔下去。我迅速拉住嬰兒，重新把他安放好。快快快……的聲音，又從我耳邊響起。恍惚中，我想起一群緊張著急的手術室護士，圍著安靜躺在手術台上的產婦，不遠處的醫生，抓著吊掛在半空中的嬰兒拍打。

嬰兒始終沒有哭出聲來。

嬰兒沒有哭就死了嗎？我用指尖觸摸嬰兒，又迅速抽離。嬰兒皮膚還殘存溫度，卻讓我全身產生一股強烈電流，從腳底竄升到頭皮，一陣刺麻，身體也不自覺顫抖起來。走在昏暗廊道，我心想，把嬰兒交接給大夜班護士，請她天亮了再送去太平間。但又想到，來接班的護士，是整個病房裡最令我畏懼的學姐，腳步不知不覺走向通往太平間的路。

離開病房區，走廊上的燈光更加幽暗，除了我和嬰兒之外沒有任何人經過。搭上貨用電梯下樓，再往前走經過醫療廢棄物收集場，指示牌上的太平間方向，從我頭頂上往黑闃的前方延伸過去。我走得愈來愈慢，幾乎要停下腳步。黑漆暗夜中，眼中所見的一切事物模糊不清，心中產生的黑影卻愈來愈清晰巨大，不由自主顫慄的身體，幾乎不能控制。

一陣風吹過，太平間的門突然打開，半掩的門縫透出一絲泛青死白色光亮。沒有人從那道門走出來。我嚇得全身無力癱軟，轉身跑開，剛跑上一段路，氣喘吁吁停了下來。躺在治療車上的嬰兒，被遺留在原地。該怎麼辦才好？我反覆思索，強穩住身體回頭，深吸了一口氣，慢慢往幽暗的長廊走過去。

太平間裡，除了天花板一盞白光照射蹲在地上的老先生外，其他地方很陰暗。不知道屍體會不會怕黑暗？環視四周，鑲嵌在牆壁上的金屬櫃子整齊排列，從外觀大小形狀相同的每格櫃子裡，無法辨識屍體的身分位階、個性脾氣，善良或是有一顆險惡的心。無論血型、星座，漂亮或醜陋都不需要被分析比較。也許純粹當屍體比當人好。

在老先生眼前躺著斑白髮絲的老人，表情僵硬固定，嘴巴張得好大。由於牙齒掉光了，使得上下顎無法閉合。老先生用紅色塑膠繩子套住白髮老人的下巴，再沿著兩頰往上提拉，嘴巴慢慢被迫閉上，接著，老先生將紅色塑膠繩子繞纏過白髮老人頭頂，連續幾圈緊緊纏住，確定嘴巴再也打不開，便在白髮老人耳朵旁打個死結。我站在門口驚訝看著眼前一切。喊了老先生幾聲，他沒有聽見。老先生拿起攤在地上的化妝品，取出粉撲，為老人上妝。老先生動作熟練，不久，老人原本蒼白僵硬的臉透露淡粉色光采，但模樣卻比未上妝前有著更多死亡的氣息。我又喊了老先生幾聲，他依舊沒有聽見，只好躡手躡腳走進屋內站在他旁邊。白髮老人近在眼前，令人害怕。我從來沒有近距離見到化過妝的屍體，下意識拉住老先生手臂，他回過頭眼神鎮定凝望著我，迅速打量我懷裡的嬰兒一眼，從角落取出筆記本立刻寫下幾個字拿給我看。

我立刻明白老先生是聾啞者，隨即用力點頭說，家屬不要了。

老先生往大門方向走，我跟隨在後。他站在門口手指向廢棄物處理區，嘴巴咕噥咕噥說著，但我一個詞也聽不懂。他又再次指著廢棄物處理區的方向，在筆記本上匆匆寫下幾個字，關上門，留下我站在門邊。

來到燈光昏暗的廢棄物處理場，和太平間比較起來，這裡更加陰冷令人感到恐懼。或許是沒有老先生在場的緣故。我想著老先生筆記本上幾個潦草字跡，漆黑中依循指示，很快找到並排在一起的垃圾桶。它們的蓋子與桶身，各自標示不同名稱。

非感染性可燃廢棄物。

非感染性不可燃廢棄物。

感染性可燃廢棄物。

感染性不可燃廢棄物。

我打開每只垃圾桶，除了一般常見的紙張類物品，醫療用沾血沙布棉墊，可樂瓶、玻璃瓶等等，沒有任何嬰兒躺在其中的垃圾桶裡面。

嬰兒屍體是屬於感染性垃圾，還是非感染性垃圾？可燃還是不可燃？

為什麼死掉的嬰兒要放在垃圾桶，而不是躺在太平間的櫃子裡？

我不斷反覆想，會不會是老先生搞錯了？

抱著嬰兒迅速返回太平間，但門內燈光已經暗了下來，門也緊緊鎖上。

眼前的嬰兒應該送到什麼地方？回到病房區，我停在亮著昏暗燈光的走廊上思索。一只垃圾桶立在走廊盡頭，不知不覺我走向前打開它，一陣惡臭撲鼻而來，這時，穿著醫院病服的人經過我身旁，瞥了我和嬰兒一眼，又低下頭拖著蹣跚步伐離開。

我害怕地蓋上垃圾桶，抱著嬰兒急急回到婦產科病房。在護士專用更衣室門前，停下腳步猶豫了一會，推開門進入狹窄室內，打開貼上自己名字的置物櫃，把堆放在裡頭的皮包、衣服、幾本醫學書籍、同事送的彌月蛋糕、鏡子、梳子全部拿出來，再把嬰兒放進置物櫃裡。嬰兒的身長比置物櫃高，塞不進去，門也無法關上。我按住嬰兒的頭使他身軀稍微往下彎曲，然後才勉強把嬰兒放進去。在嬰兒傾斜跌落到置物櫃外時，快速關上鐵櫃門。咵，一聲響亮撞擊聲，從身後的置物櫃裡傳出來。我快步奔跑到護理站，等待交接班的護士正在聊天。那位令我畏懼的學姐，看了一眼手錶抱怨，我支支吾吾回答，去了一趟太平間。在場的人都嚇了一跳。

這麼晚了，妳怎麼敢一個人去太平間？她們異口同聲問。

我強作鎮靜交代完大部分的病患狀況後，盯著眼前病歷不發一語。和我一起值班的護士，拿起我面前的病歷，開始講述關於年輕產婦的情況。

聽著聽著，我想起之前還待在產房準備生孩子的產婦。

她獨自躺在產房裡，雙腳高跨在產檯架子上，兩隻腳各自張開，白皙腳踝綁著束縛帶。她噘起嘴巴用力呼吸，期間不停大聲喊著，好痛、好痛……

我安慰她，一邊檢查子宮頸擴張程度，手指從陰道內伸出時，一些羊水也跟著流了出來。清澈透明的羊水聞起來有一股腥羶味。突然間，胎心音監視器開始急促咚咚咚響起，51、60、50、54……數字持續在五十至七十之間跳動，我迅速檢查插座銜接處，接著查看調整綁在產婦身上的胎心音監視器，以及儀器面板上的控制鍵。

一切都正常。

但產婦昏厥過去，我也嚇得腦中一片空白。

嬰兒剛出生就死了，和我一起值班的護士，對那個令我懼怕的學姐說，臍繞頸。

聽見臍繞頸，我想起人頭竄動中只見嬰兒脖頸上，被一坨看起來像是長年浸泡在港邊深水中，拉附巨大船身的黑粗麻繩緊緊纏繞。

嬰兒的臉是一張青黑色的臉，身體顏色比臉的色澤淡一些。醫生試著從嬰兒脖子上解開臍帶，旋轉中的嬰兒，一圈、兩圈……就在幾乎以為從嬰兒脖子上鬆開的臍帶，像是一圈又一圈重新套勒住我脖子時，醫生終於鬆開了手。

學姐突然大聲喊我時，我才回過神，摸了摸脖子並且用力吸著病房裡冰冷空氣。

令我懼怕的學姐說，妳是第一次碰到這種情況？

我默默點頭。

沒有見過死人的護士，就不是真的護士。令我懼怕的學姐喃喃自語，像是說給自己聽，又像是說給我聽。

我走到一起值班的護士旁，小聲詢問關於年輕產婦的情況，得到的消息令人意外。

這件事從來沒有發生過。我想像年輕產婦的父親冷淡臉龐說話的神情。明明已經發生的事情卻當作沒有發生過，究竟是好還是不好？換作是其他人的父親，大概會追究責任，並且為了失去一個生命難過。但是，連年輕產婦聽見嬰兒死亡的消息後，臉上也看不出悲傷。與我一起值班的護士滔滔不絕地說。

我悄悄來到病房，站在臨近門邊床位旁，年輕產婦熟睡中，室內不見她父親蹤影。我想把她喚醒，對她說些什麼，但只是靜靜看著她，心想，看不出悲傷表情的臉，內心是否真的不悲傷？

隔壁床上躺著另外一位產婦和小嬰兒。我走近望著熟睡中嬰兒的臉孔，模糊中，剛才抱在懷裡的青黑色嬰兒堆皺在一起的五官，從眼前慢慢地分散漂浮開來。

嬰兒張開嘴巴，哇一聲哭了出來，眼睛睜得圓圓亮亮，黑白分明。躺在嬰兒旁的產婦醒了過來，她拉開衣服讓嬰兒吸吮乳頭，嬰兒立即停止哭泣，產婦也睡著了。

單獨躺在床上的年輕產婦被聲音驚醒，但仍舊閉著眼，嚅動嘴唇似乎想說些什麼。我傾身想聽清楚，她又安靜了下來。看著她的臉，我想起置物櫃裡和她相似臉孔的嬰兒，隨即轉身離開。

更衣室裡空盪盪，我站在置物櫃前，鐵櫃門還沒打開，一陣刺麻又先從頭皮中央傳導開來，全身開始顫慄。望著置物櫃，我反覆想著乾脆依照老先生指示，把嬰兒丟到垃圾桶。又不自覺地想著，萬一丟錯垃圾桶，原本不應該被燃燒掉的嬰兒，卻被當作紙類燃燒的畫面。也許，暫時讓嬰兒留在置物櫃裡，天亮後再送回太平間？

這時門突然被打開，令我全身發軟無力靠在置物櫃上。

妳臉色好蒼白，是不是被嚇到？已經換好便裝的護士問。

我搖搖頭，沒有回答，背部緊靠置物櫃門。

穿便裝的護士站在貼著她名字的置物櫃前喃喃地說，真不可思議，如果活下來就是一個人了。

我猶豫著要不要打開置物櫃讓她看裡面的嬰兒，也許她可以陪我去太平間。剛要開口時，她拎起彌月蛋糕踏出更衣室，站在門口說，妳的蛋糕也不要忘記帶走，不然放在櫃子裡會臭掉。更衣室裡又剩下我一個人，我對著置物櫃把鼻子湊向前去，試著吸聞裡面的味道。除了冷空氣從頭頂上方吹下來，攪動室內幾雙黑髒白色護士鞋的氣味之外，沒有聞到食物腐壞的味道。我鼓起勇氣，打開置物櫃。鐵櫃門才剛打開，嬰兒瞬間落在我懷裡。嬰兒的重量似乎比剛才還要重一些。我迅速把嬰兒彎曲成蝦米狀，放進大型購物包，但包包的空間對於嬰兒來說太小了，黑色頭皮微微露在外面，我順手把一件開襟長袖針織衫蓋在嬰兒頭上，側肩背起購物包走出更衣室。

前往太平間途中，我不時環視周遭等待貨用電梯，燈號顯示一直停留在同一樓層。我改變主意，匆匆走進樓梯通道，連滾帶爬似的，一下子就來到停車場。

黑夜裡的停車場，只有少數車輛停在那裡，也看不見其他人身影。我快速奔跑到摩托車旁，掀開椅墊把置物櫃內的物品拿出來，購物包還是無法整個塞進去。我用力推擠勉強塞進去，椅墊卻無法平穩蓋上，只好把購物包放到摩托車腳踏板上，夾在兩腿之間發動摩托車離去。

由於兩旁路燈不夠明亮，漆黑中，一個過大的窟窿在馬路中央，讓我來不及閃躲，購物包從腳踏板上彈開掉到路旁。我匆匆忙忙停下摩托車，回頭想要撿起購物包，騎重型摩托車的男士正好把它從地上撿起來。

針織衫掉落地上，購物包裡的嬰兒黑色頭髮，在黑夜中微微飄動。機車騎士拉開安全帽透明罩瞄了一眼購物包。我迅速跑過去把它搶過來，緊張地指著嬰兒頭髮說，這是假娃娃……練習剪頭髮……手還遲鈍地學起美髮院設計師剪髮動作。

重機車騎士離開後，我深吸了一口氣，脫下安全帽坐在馬路邊。皮包裡的嬰兒頭髮被風吹亂，部分身體也露在購物包外頭，我心想，如果此時的嬰兒還活著，被這麼重重一摔肯定造成腦震盪。

忽然又想起，如果活下來就是一個人了。

剛才在更衣室裡的護士說這段話時，臉上是什麼表情，內心是怎麼想的？努力回想的同時，安全帽已經戴在嬰兒頭上。

回到家，先生躺在床上發出鼾聲。我把購物包隨意丟在玄關入口處鞋櫃旁，累得躺到床上，不久就睡著了。睡夢中，嬰兒潔白乾淨的皮膚透著粉嫩，嘴角微微揚起，張大眼定定看著我。那是一雙又圓又大的眼睛。我不時對他眨眼。兩人都開心地笑了起來。

我微笑醒過來，抬眼望向窗外，天空是深沉的黑色。先生已經醒來，穿好黃色螢光制服，站在玄關穿鞋準備出門工作。我瞥見他腳旁的購物包，突然想起嬰兒還躺在裡面，不自覺又害怕了起來，正要起身告訴先生時，他已經輕輕關上門離開。

一整個晚上，我都沒有再入睡。遠遠地盯著購物包，想像裡面的嬰兒會漸漸融化，最後消失不見。

一切都沒有發生過，我想起年輕產婦父親說過的話。

漸漸地，外面亮白光線從窗外照射進來，儘管室內也跟著亮了起來，但打從心底感覺到的恐懼害怕卻依舊讓我黯然無力。只能靜靜躺著，思考接下來該怎麼處理嬰兒。

或許把嬰兒帶到先生工作的垃圾處理場，讓他乘機丟到大型攪拌機裡，這一切就結束了。

門突然打開，先生比平常提早回來。我胸口緊縮了一下，與先生對望一眼，他脫下沾染髒污的制服進入浴室洗澡。站在浴室門口，我猶疑著要不要跟他提嬰兒的事，他卻先開口說，妳趕快準備一下。

我還沒搞清楚先生的意思，他接著說，我已經問過陳醫師了，他說，這一次成功機率很大。

我猛然想起這幾天刻意安排假期的理由，摸了摸扁平肚皮，轉身坐在梳妝台前仔細化妝。靜靜等待先生的同時，我又看了一眼入口處的購物包，不知道裡面的嬰兒現在變成什麼樣子。

從醫院回來已經是下午了，兩人都疲倦地躺在床上，先生摸了摸我的肚皮，喃喃地說，我們很快就會有自己的小孩了。帶著微笑很快就睡著。

醒來，先生穿上整潔乾淨制服又要出門。我看了看時間，一天還沒過，但先生已經站在入口處穿鞋。我專注看著那只購物包，嬰兒的臉孔浮現腦海，但卻不那麼令人感覺害怕。先生又出門了。我還是沒有來得及跟他說嬰兒的事。

在浴室望著鏡子裡自己裸裎的身體，想像扁平肚子變成一個球狀體，不久又變回扁平，或是掛著殘餘贅肉時，胚胎已經變成了嬰兒。但對我而言，要懷孕是一件多麼不容易的事。或許，一個人藉由另一個人的肚子來到這個世界，本身就是一個魔法。我突然想起購物袋裡的嬰兒，穿上衣服走到玄關打開包包，裡面的嬰兒顏色更加深黑，皮膚上的白色胎脂，像是在冰箱過夜後的菜餚漂浮出一層油脂。

把嬰兒放進溫熱的水槽裡，是幾個小時之後的事，在這之前，我只是靜靜看著他。恐懼害怕隨著腦海中想像肚子裡的胚胎正在漸漸長大成形而消逝。或者，是隨時間消逝，就像長期面對內心害怕的物體，會因為習慣而彼此融入。

溫熱的水從水龍頭裡不斷流出來，不久，室內充滿氤氳蒸氣。嬰兒浸泡在洗手槽，水面在他脖子下方接近乳頭處。我輕輕舀起水潑灑在嬰兒脖頸間，連續幾次，嬰兒身上乳白色胎脂有些掉落漂浮在水面上，有些還黏附在身上。仔細用濕毛巾擦拭嬰兒眼睛細縫、小巧鼻子孔洞，然後又清潔耳廓與耳朵洞口。接著，我繼續輕柔搓洗嬰兒身體上的胎脂。這個動作我很熟悉，在醫院裡我經常幫其他嬰兒洗澡。哇哇哭叫的嬰兒，把他放到溫熱水中時，哭泣聲馬上停止。手裡的嬰兒躺在溫暖水流裡，臉上泛起的皺摺在青黑色皮膚裡，看起來好像是一抹微笑。我也露出微笑。洗完澡，把嬰兒放在床上，撒上痱子粉，紫黑斑塊佈滿的皮膚被白色粉末掩蓋住。

門突然被推開，我還來不及將嬰兒藏起來，先生半個身體已經進入室內，手上提著一輛陳舊卻完好的娃娃車，鞋子還沒脫下，就先打開車子在室內推動。他推著娃娃車，興奮講解功能性質。

雖然舊了一點，但是還能用，先生把車推到我面前說，妳推推看。

由於車輪堆積陳年污垢，推動時總是卡住無法動彈。他提起娃娃車正要往浴室走，經過床旁停了下來，驚訝地看著眼前的嬰兒。我緘默不語，靜靜看著他們。

這是怎麼一回事？先生忿怒口吻中，試著壓抑怒火。

在我把整個過程簡略敘述完後，先生立刻說，妳馬上把他送回去。

玄關處的門砰一聲關上的瞬間，娃娃車也被丟棄在牆角。

我的視線在娃娃車與嬰兒之間來回穿梭。不久，我把娃娃車推進浴室，用力刷刷洗洗，直到它變得像是全新的一樣。

一整個白天都不見先生蹤影，我也沒有把嬰兒送回去。

要送到哪裡？太平間還是直接丟到垃圾桶。

與我相處了兩天一夜的嬰兒，讓我產生憐憫感覺。即使已經變為屍體了，也應該值得被好好對待。那麼，什麼樣的方式才是對他最好的方式？我摸著扁平的肚子，思索裡頭的胚胎如果有機會變成人的話，不知道他會有什麼答案。

直到晚上，原本應該在垃圾處理場工作的先生，身上散發出酒氣出現在家裡，見嬰兒還躺在床上，二話不說抱起嬰兒離開。我試著阻擋，說些嬰兒怎麼能當成垃圾丟掉的話語，但門已經重重被關上。嘗試打電話給先生，手機一直處於關機狀態。一時說不上來的失落夾雜在鬆了一口氣的感覺中，緊繃著的情緒瞬間瓦解，很快我就入睡了。

黑暗中，門鎖轉動的聲音吵醒了我。鑰匙聲停止時，燈光瞬間亮起，先生與嬰兒的臉龐，在強烈光線下頓時映入眼簾。

先生把嬰兒放到床上，沉默了很久後說，我丟不下手。

他再度離開，房間裡又只剩我與嬰兒。嬰兒身上的痱子粉滲入到皮膚底層，一片油脂覆蓋上頭。變回青黑色的嬰兒，在亮晃晃光線照射下顯得髒兮兮，身體也散發出食物腐壞的氣味。幫嬰兒沖洗乾淨後，把梳妝台抽屜內的所有彩妝物品堆放床上，首先，將粉底撲抹在嬰兒臉上，又挑了一條水蜜桃口味果凍唇膏，塗抹在嬰兒薄薄嘴唇上，接著，從衣櫃裡取出常穿的小可愛衣服穿在嬰兒身上。抱著嬰兒看了看，又把嬰兒放在牆角遠遠地注視良久，怎麼看都覺得不對勁。凝視嬰兒，意識到嬰兒不會睜開眼睛，拿起黑色眉筆，在兩側眉毛下約莫一隻手指寬度的地方，畫上玻璃珠大小的黑色實心圓。抱起嬰兒，站在鏡子前左看看右瞧瞧，最後把他放回床上噴灑香水。我聞著香氣，嬰兒更有一種熟悉的味道，恐懼感被覆蓋了不少。

我在自己的小腹上也噴上同樣氣味的香水。

臨近清晨，先生帶著疲憊身軀回來，沒有看嬰兒一眼便說，天亮後，我陪妳去一趟太平間。

在充滿香氣的室內，我躺在熟睡中的先生與嬰兒之間，不久天便亮了。趁先生還沒醒來，把嬰兒身上的粉末顏料洗淨，嬰兒又回復青黑。

紫黑斑塊滿滿分佈在嬰兒身上，讓人不敢直視，卻又吸引人想要轉身注視他。這種感覺就像進入遊樂場裡的鬼屋，明明知道由機械控制的鬼會令自己害怕，卻又不自禁地走進去。

我把娃娃車放進後座讓嬰兒躺在裡面，先生沒有任何表示，迅速發動車子往醫院方向駛去。被安全帶綁住的嬰兒，在酷暑炙熱陽光下看起來過於顯目。我突然害怕起來。腦海中想著，太平間的老先生把他丟進垃圾桶的畫面。如果當作垃圾丟掉的話，嬰兒到底是可燃性還是不可燃性？這麼想時，車子堵在狹長道路上，被迫駛離現有線道的車輛，一輛緊接一輛往遊樂區旁的道路開過去，使得遊樂區周圍也被各式各樣的車子圍堵。

許多的車子索性不再往前駛離，老老少少男男女女都湧進遊樂園裡。

我們靜靜在塞車的道路上等待，不時回過頭看著嬰兒。為了不讓人發現嬰兒的存在，身上蓋著一件黑色毯子，口鼻處刻意讓它露出來，就像大部分人都需要呼吸一樣。

塞車的情況沒有改變，反而更加惡劣。周邊似乎只有這一條路，不等我開口，先生突然說，我們進去上個洗手間。

那嬰兒呢？兩人同時回頭看了一眼嬰兒。先生打開後車廂，示意我把嬰兒放進去，但被陽光曬得如同烤爐般悶熱的後車廂溫度，又讓他打消了念頭。我隨手拿起車內的遮陽帽蓋在嬰兒頭上，嬰兒整張臉瞬間被帽子吞沒。

遊樂園裡人潮擁擠，人與人之間不時擦身而過。我推著嬰兒車慢慢往前走，先生獨自走在我們面前。沿著指標，來到人滿為患的洗手間，先生立刻進去，留下我與嬰兒。在一張長椅上靠角落的位置坐了下來，嬰兒的臉龐被帽子與車篷蓋住，遠遠看起來就像睡著般。

不遠處有幾個人圍在另外一輛娃娃車旁，逗玩裡頭的小女嬰，小女嬰笑呵呵露出笑容，在她身邊的人也跟著發出笑聲。一位走路搖搖擺擺的小男孩，在人群裡奔跑。小男孩跑呀跑，一會跌落地上又迅速爬起來。一眨眼時間，小男孩不知何時跑到我身邊正好撞到娃娃車。小男孩母親趕忙跑過來微笑地抱起他，點頭表示歉意。蓋在嬰兒臉上的遮陽帽掉落地板上，我迅速撿起的同時，小男孩母親正注視著嬰兒臉龐，臉上的微笑被驚恐佔據，抱著小男孩快步離開。我慌張地蓋住嬰兒的臉，先生的臉孔正好從人群裡鑽出來，我拉著他急促往出口方向走，遠離剛才遇見的那群人。經過旋轉木馬，先生突然停下腳步看著坐在上面的人。大部分是小孩子，也有一些帶著靦腆笑容的成年人。

既然來了就去坐一次吧！先生說。

我有些驚訝，但先生卻兀自推起嬰兒車往前走，加入排列隊伍。

等候了許久，終於輪到我們。站在入口處，我遲疑著，身體不斷被亟欲往前的人群擦撞推擠，先生不知何時消失在我身邊，我不安地抱起娃娃車裡的嬰兒，將他整張臉埋在我胸前，快步跑上旋轉木馬，選了一隻最矮小的坐上去。

在我旁邊，小男孩高高坐在另外一隻旋轉木馬上，他對著趴在我懷裡的嬰兒開心大笑。旋轉木馬原地不動高高低低起伏，速度愈來愈快，直到飛奔在眼前的人影漸漸模糊起來，我才笑了出來。

旋轉木馬停下時，我立刻尋找先生蹤影，只見他站在眾多圍觀的人群裡遠遠望著我們。

很好玩。我走近先生身邊說。

先生把手機拿到我面前，畫面裡的我抱緊嬰兒開心笑著。

我們走吧！

這一次，我抱著嬰兒坐在副駕駛座，一路上兩人都沉默不語。往醫院的道路車輛仍停滯不動，一些人紛紛下車探看情形，前方似乎有連環車禍的突發事件，短時間內無法暢通的說法，在各個車輛之間傳了開來。

先生調整冷氣風速，寒冷氣息從風口吹送出來，我抱緊嬰兒順手把開襟衫披在兩人身上。抬眼看了先生一眼，他目不轉睛看著前方。一輛接著一輛的汽車，慢慢地在雙線道上緩慢、謹慎迴轉。先生也跟著調轉方向，他用力踩油門車速飛快奔馳起來。不久，車速又突然減緩下來，雙線道隨著橘色圓形路障，漸漸縮減成一線道。警車停靠一旁，警燈兀自旋轉。站在馬路旁的警察，查看每一輛從他們面前經過的車輛。

我們沒有安全座椅，我緊張地說著，立即彎下腰，把嬰兒放到腳踏墊上。抬起頭，警察正好探頭看車內一眼，又刻意吸聞車內氣味，他皺起眉頭，揮手要我們繼續往前行駛。

回到家我才把嬰兒從腳踏墊上抱起來。嬰兒從車內抱出來後，原本習慣的氣味隨著移動改變，混合腐壞與我身上殘餘香水的惡臭氣味停留在我鼻腔裡。我趕緊脫掉嬰兒身上衣服，左手托抱嬰兒身體放入浴缸。抹上肥皂，嬰兒滑溜溜的身體從我手中滑開，剎那間整個軀體淹沒在水裡。在水中的嬰兒臉孔看起來像漂浮在海平面上的黑影。我急忙從浴缸裡撈抱起嬰兒，甩掉他身上水滴。嬰兒身上飄散的濃郁腐壞味道遲遲沒有散去。我拿起香水噴灑嬰兒全身，直到室內充滿香氣。

先生被濃郁香氣熏得睜不開眼睛，揉著眼說，我們還是要趕快把他送回去。

我想起黑暗陰森氣息的太平間，不禁打個冷顫，默默點頭，但心裡卻想著，應該去買個防腐劑或福馬林。

醒來時，先生不在室內，嬰兒也不在床上。我緊張跳下床，見嬰兒躺在玄關處的地板上，維持相同姿勢。嬰兒臉上、身上又泛浮油漬，香氣已經消失。我立刻出門往街道走，進入連鎖藥妝店，不久又走出來。走了三條街後，在美術用品材料行停了下來。

回到家，在地板上鋪設報紙，再把嬰兒放上去。扁平毛刷蘸上彩色顏料後，順著嬰兒頭頂往下刷，經過眼睛鼻子嘴巴，在下巴地方停住。毛刷又蘸了一點顏料，從頭頂沿著耳朵到下巴又停住。換另一側耳朵。再用比扁平毛刷尖細的刷子，在嬰兒耳廓、鼻孔、眼眶等細微處仔細修補。又再蘸了一點顏料，從嬰兒脖頸處往下刷過去，不一會工夫，嬰兒正面變成一片乾淨亮白顏色。等了一會，我用手指頭蘸染嬰兒身上的顏料，濕滑未乾，只好拿起吹風機在嬰兒身上來來回回吹動。嬰兒正面顏料已經乾爽後，才將嬰兒翻過身，再一次從頭部開始刷上顏料。這一次，直接從頭頂用力往下刷直到腳底。毛刷上的顏料，被畫到腳底時，已經乾硬分岔得像天空中飛機拖曳的碎片雲彩。當黑色的眼睛、直長鼻子、紅潤嘴唇和一些頭髮全部變成白色後，我又用彩妝筆將嬰兒眼皮塗成黑色，紅色唇蜜擦在嬰兒嘴巴上，最後穿上衣服，噴灑香水掩蓋顏料嗆鼻味。

從窗戶外頭斜射進來的陽光，照射坐在沙發上的嬰兒身上，電視機播放卡通影片。電話鈴聲突然刺耳響起，我接起電話聆聽後說不出話來。

年輕產婦為什麼突然要帶嬰兒回家？快速騎上摩托車前往醫院途中，我內心不停地猜想。

來到醫院大廳，鑽進樓梯通道，喘著氣直奔婦產科病房。年輕產婦及未曾見過面的白髮駝背老先生，低頭安靜地坐在護理站外的長椅上。

那個死掉的嬰兒呢？令我懼怕的學姐說，太平間的老先生說被妳丟掉了。

沒有……沒有……我沒有丟掉。我搖頭驚慌地回答。

白髮駝背老先生站在我旁邊，鬆了一口氣的口吻說，沒有丟掉就好……

那我的小孩呢？年輕產婦用幾乎聽不見的音量問。

是啊，護士小姐，怎麼沒有看見我的曾孫子呢？白髮駝背老先生急著追問。

你們等我一下，我去把他帶過來。我逃開似轉身離開。

妳會不會怕，要不要我陪妳去？那天一同值班的護士扯高嗓子問。

我往前跑，沒有回答，她也沒有跟上來。

恍恍惚惚往太平間方向快步過去。白天的醫院走廊，燈火通明，往太平間的路上，一盞接著一盞的亮光從頭頂上照射下來，融入在自然光線裡。我快速搭上貨用電梯，穿過醫療廢棄物收集場來到太平間門口。老先生熟悉的背影蹲在地上，在他面前躺著的軀體，換成了中年婦女。老先生靜靜幫她整理儀容。我走近，中年婦女的臉孔像剛砌好的水泥牆面，這時，也發現老先生的臉孔比那天黑夜裡見到的年輕許多，但他的臉也是僵硬的。

嬰兒？我迅速在筆記本上寫完拿給他。

他接過筆記本看了一眼，迅速寫下，名字。

我搖搖頭，雙手比劃嬰兒身形大小。

他拿著筆記本激烈揮手，然後又指著上頭的字。

名字？我在筆記本上隨意寫下年輕產婦的名字，老先生立刻繞過躺在地上的中年婦女，到後方長桌上翻開一本厚厚的登記簿查詢。

空氣裡飄浮陰寒煙燻氣味，我環看四周牆壁，有三個牆面鑲嵌銀色鐵櫃，一格一格整齊排列，鐵櫃上標示數字。沒有銀色鐵櫃佇立的那扇牆，除了有一個大型出口，還放著一張像是祭祀的檯子。檯面上只有幾根蠟燭、冒煙的香以及一張寫滿符咒的黃色長形紙張貼在上頭。

冷氣很冷，我拳握冰冷雙手，走到靠門的銀色鐵櫃前，深吸兩口氣之後拉開櫃子。沉重的櫃子拉開後又關上。拉開後又關上。櫃子裡的臉孔都被畫上同樣色澤的彩妝。我彎曲身體趨近冰櫃裡的屍體，用手在屍體上方測量長度。太大。太大。太大。連續測量完數具屍體，感覺到雙手愈來愈無力，頭皮不斷發麻刺疼。站在中間牆面櫃子前，我繼續拉開櫃子，一個小孩軀體躺在裡面，身體容顏已經妝扮整齊。我抱起小孩，老先生站在我身邊拍了拍我肩膀，嚇得我雙腿無力，說不出話來。

老先生盯著我懷裡的小孩，指了指筆記本，上頭寫著，沒有這個人。

我的心跳怦怦怦劇烈響著，不知所措佇立原地。我指著懷裡的小孩，既怯懦又害怕地說，就是這個。

老先生似乎看懂我手勢所含的意思，指了指筆記本上年輕產婦的名字，然後指著小孩的生殖器官。

老先生抱走我懷裡的小孩，放回櫃子，推上門，小孩倏地消失在我眼前。剛出生的嬰兒沒有名字，這麼簡單的道理在心臟狂跳的緊張狀況下，竟然忘記了。

我轉身匆匆離開醫院，快速騎上摩托車，很快就回到家。嬰兒還靜靜坐在沙發上，剛才的卡通影像被廣告取代。

抱起嬰兒進入浴室，打開水龍頭，讓水不斷沖刷他的身體。水性顏料用力刷洗，陸陸續續從皮膚上一層一層剝離開來。隨著顏料流入下水道，嬰兒身上的黑色斑塊逐漸清晰。雖然嬰兒回復原來的樣貌，但幾日下來逐漸從他體內蒸發的水分，讓他顯得更加乾癟，因此，輕而易舉就把嬰兒塞進購物包裡。

我揹起包包，騎上摩托車返回醫院，途中被違規轉彎的汽車撞上，人連車摔在一起，購物包也被拋得遠遠地。腹部一陣絞痛，濕黏液體沿著大腿內側往下流。我幾乎痛得站不起來，勉強撿起掉在地上的購物包，嬰兒完好在裡頭。趁汽車駕駛下車探視之前，我迅速騎車離開。

在走向婦產科病房的樓梯通道上，我取出購物袋內的嬰兒，抱在懷裡。昏暗燈光中，我突然明白過來，已經發生的事，再也不能當作沒有發生過。我把嬰兒放到年輕產婦手上，她的臉龐瞬間微笑，隨即又面無表情。白髮駝背老先生伸手想摸嬰兒的頭，最後卻只是靜靜看著他。他們離開，在他們消失在電梯口前，我突然蹲下身抱住自己的肚子，大聲問，名字，他叫什麼名字？

忘了停頓的病房

我剛休完一段長假返回醫院，對病房散發的氣味還沒完全適應，耳朵先行忙碌起來。除了青說話聲之外，深夜的外科病房一切顯得寂靜。青快速翻閱病歷交代病人情況，話還沒說完，另外一本病歷已經層疊上頭。每一本病歷停留的時間，都讓我來不及思索，只能透過病歷夾上的病房號碼，想像病人長相。最後一本病歷被重重闔上的同時，青喘了一口氣，她圓潤飽滿的屁股瞬間從椅子上彈開，消失在電梯裡。

剛過午夜十二點。有點睏，但一整個夜晚都要保持清醒。我算數旋轉立式架上的診斷牌，十五張。每一張代表一位病患。十五位病患累計的工作量，不會造成太大的負荷，但也不輕鬆。病患數量與護理人力比例，由一套公式演算而來。從西方引進到東方。人們常說的「萬一」沒有放進公式裡。醫院裡不存在「萬一」，如果有也不能被當作假設性治療。還沒發生就不能夠進行治療。但只要十五個病患整晚都安靜沉睡，除了常規性治療外，偶爾有人按鈴呼叫要求更換點滴瓶，我都能應付自如。

電梯門叮一聲突然打開，青氣喘吁吁出現在電梯裡說，千萬不要讓706A偷偷跑回家。

喘息中的青，突然讓我有種不祥預感。

他想要在腳還沒有被切斷掉前，再次體會用雙腳走路回家的感覺。青一隻手壓著電梯按鈕，防止門被關上。她繼續說，他已經吵了一整天了，但陳醫師堅持不讓他回家。避免傷口感染更嚴重。話剛說完，青又再次消失在電梯裡。

我想起關於護理人員之間不被公開的禁忌。不同科室之間忌諱的事情，平常人不會知道。即使在醫院裡來來回回住上一年半載，只要是病人身分就和禁忌扯不上任何關係，因此在病房裡吃鳳梨也不會被人制止。有時嘴饞渴望吃旺旺仙貝，但為避免遭來其他人異樣眼光，只好作罷。手術進行中，鏗鏗鏘鏘碰撞的鋼製器具不慎掉落地面，不僅會遭惹嫌惡眼神，還要承擔手術不順利的種種後果。

沒有任何根據的禁忌，像一道無形網絡撒在護理人員心裡。我也不喜歡這種感覺。

當青再次回到醫院，說著原本應該妥善交代完畢的事情時，不安的感覺在內心產生。我想像著，坐在深夜的空曠停車場，發動汽車準備啟動離開，但腦海中突然閃過的念頭，不馬上交代的話，可能產生的後果連自己也無法想像，因此趕忙熄火回到護理站。奔跑的同時，還要牢記腦中好不容易回想起來的事情。這種不立刻處理就會怎麼樣的想法，牽制著青。但會發生什麼事？當她把全部事情傾倒般交代給我後，不管如何我都要徹底執行。但不是馬上。啟動儀式從散亂在桌上的病歷，重新排列歸位開始。

距離農曆年節剩下不到一個星期，按照傳統習俗，大部分的人會刻意避開這段時間住院或到醫院看病。街頭巷尾整日播放的年節音樂，似乎具備療癒效果。即使身體內滋長中的癌細胞已經擴散，但說不住院就不肯住院的，也大有人在。好像跟隨人類聆聽歡樂音樂的壞細胞，也知道即將要過年了，因此這段期間也能安然度過。

也許癌細胞像年獸一樣，想要湊熱鬧卻又怕鞭炮。

如果醫院裡整天都放節慶般的音樂就好了。

但不慎車禍受傷的男女，喜歡打架滋事的年輕人，不管醫院氛圍嘈雜或靜寂，都會被送進來。他們沒有選擇。

我留下７０６Ａ病房的病歷，其餘全部歸回到病歷架上。一張院內公告壓在透明桌墊下。兩天前才發送出來的公文，此時應該被張貼在公告欄上，卻被壓在桌墊下。細看公文內容，過年期間在醫院住院治療的病患，享有優惠價格相關事項的規定。這件事，過去從來沒有發生過。我想像著，對每一位到醫院求診的病患，面帶笑容推薦介紹，過年大特價，下殺五折的滑稽畫面。有誰會被這樣的優惠打動？

但７０６Ａ的汪先生例外。他不是為了優惠而來。他一定不知道折扣的事。

在他來到醫院之前，罹患糖尿病十幾年，期間斷斷續續服藥，卻一直無法有效控制。後遺症在不知不覺間展開。一開始，左腳趾頭被重物砸傷生出一道瘀血腫脹的傷口。傷口很小，不礙事，還能自在行走。隨著時間增加，瘀青腫脹漸漸消退，破了皮的傷口卻愈來愈大。黃色膿汁從深層潰爛的洞裡滲透出來，他仍然不肯到醫院接受治療。跌打損傷藥膏隨意貼敷傷口，更多濃稠液體湧出，溢流過藥膏貼布表面。氣味變得如同屍體腐敗多日般，從他身上散發出來。他聞不到。味道還未由下至上飄到他鼻子時，已連同周圍流動空氣，隨風吹到更遠的地方。

有一些人，在很遠的地方聞到了異味。但是沒有人認為難聞的味道來自於汪先生。

他衣著乾淨，頭髮梳理還算整齊，幾根頭髮掉到肩膀上，在白色襯衫上異常顯眼，但都不影響人們大致上對他的第一眼印象。怎麼看都不像流浪漢。周圍沒有髒黑破舊的袋子，也沒有雜物堆在他身邊。但經過他身旁的人，經常掩住口鼻，皺起眉頭迅速離開。

起初，汪先生也聞到怪異氣味。在他坐在客廳沙發把腳擱在茶几上時，味道尤其明顯。他不以為意。只是不斷要求他的妻子，把廚房裡的食物殘渣丟掉，廁所裡的垃圾迅速倒掉。所有的垃圾都跟隨垃圾車離開了，惡臭氣味仍然在屋內圍繞。他的妻子告訴他事情的真相，臭味來源是他潰爛的腳。除了他妻子外，沒有人證實這一點。他反駁，甚至生悶氣跺著腳。更多的黃色濃稠液體流出。味道更嗆鼻了，幾乎令人無法呼吸。汪先生有點遲疑，但氣味與傷口之間的關係，怎麼樣也無法銜接起來。

有天傍晚時刻，公園裡所有人像往常一樣離他遠遠地。一位長得胖胖圓嘟嘟的小男孩走向他並坐在他身邊。小男孩的媽媽著急地在遠處叫喊他，不安眼神注視著他們，腳步卻停留在原地。

你是不是不喜歡洗腳？小男孩指了指汪先生的腳說。

汪先生沒理會小男孩，獨自環視公園一圈。

你的腳很臭。小男孩接著說，如果我的腳很臭，我媽媽就不肯讓我上床睡覺。

汪先生低下頭看小男孩，視線接著落向貼著藥布的腳說，你這小鬼，簡直胡說八道。

我才沒有胡說。小男孩被他突然揚起的語氣嚇住，但仍然大聲反駁，不信你自己聞聞看。

小男孩一溜煙跑開。汪先生再次環顧四周，附近沒有其他人，小男孩在他不遠處盪鞦韆。汪先生抬起貼著藥布的腳，傾身想要聞一聞腳的味道。聞不到。接著他又試著彎下腰，將鼻子湊近腳，距離沒有縮減反而更遙遠。不管身體怎麼樣彎曲，老硬的骨頭卻不聽使喚，頭腳之間還有一段距離。

汪先生抬頭望向鞦韆，小男孩不在那裡。他眺望更遠處，在一群孩子中搜尋小男孩身影。他們追逐嬉戲，在草地上來來回回奔跑。笑聲圍繞著他們。他向小男孩揮揮手，兩人視線相交，小男孩愣住一會兒，隨即朝他奔跑過去。他的同伴們驚訝望著他的背影，在後面大聲喊他。正在與人談話的小男孩媽媽聽見聲音想要制止，已經來不及了。只好遠遠地望著小男孩與坐在草地上的汪先生。

汪先生低頭彎腰央求小男孩雙手壓在他背上，使勁了力氣，汪先生的頭與腳還有一大段差距。小男孩索性坐在地上，脫掉鞋子把腳抬高吸聞。

你要像我這樣，小男孩再次吸聞示範，這樣就聞得到腳的味道了。

小男孩雙腳輕易抬至鼻尖，甚至搭勾在肩膀處，柔軟的身軀令汪先生感到慚愧。汪先生再次試著把左腳抬高，最後終於放棄。小男孩突然想到什麼似的，像騎上馬背般瞬間跳上汪先生的背部。喀噠的沉重聲音，連同汪先生的哀叫聲在寬敞草地上響起。老骨頭發出劇烈疼痛的同時，汪先生聞到了腳上腐壞氣味。

來到外科診療室，汪先生像個孩子般露出左腳並紅著臉羞澀地低下頭。整間診療室充滿腐敗味道。汪先生注意到，正在仔細檢查他腳上傷口的主治醫師沒有戴口罩。在他白皙乾淨，連一根多餘鬍碴也找不到的臉龐上，也沒有皺起眉頭或刻意閉氣。他們同時吸聞著空氣。不知道是嗅覺已經漸漸習慣腐壞惡臭氣味，還是飄散在空氣裡的所有異味，都被在場的人吸進了肺腔裡。原本飄散在診療間的味道漸漸消逝了。

主治醫師檢查完，建議汪先生局部截肢是唯一有效的方法。等不及主治醫師進一步討論關於截肢後產生的不方便，及其他相關事項時，汪先生打斷主治醫師談話內容。

馬上去幫我辦住院。汪先生用上司命令式的口吻對他的妻子說。

這味道我差不多已經聞習慣了，汪先生的妻子試著勸阻，你要不要再考慮看看，等過完年後再決定。

汪先生堅持己見，立刻住進706病房靠近門口的A床。

我一邊準備隔日的點滴注射液、備齊藥物以及其他物品時，一邊回想青描述汪先生入院經過，沒有發現汪先生乘機推開安全門，走進黑暗無人的樓梯間。

備妥夜間治療藥物，我推著治療車走進一間又一間的病房。病房裡所有的事物寂靜沒有任何動作，活動中的只有我而已。每間病房雖然不像樓梯通道黑暗，但只有一盞床頭燈的亮度，仍然讓人無法看清楚病患臉孔。幽暗中，大部分病患都已經入睡，我盡量不發出聲音，輕輕走近一些需要做特殊治療的病人身旁，將他們從睡夢中喚醒。

與我初次見面的病患，睜開眼不僅不會感到害怕，還相當信任地拿下我手中的藥物，一仰而盡，然後又昏昏沉沉入睡。白色護士服注入在病人內心的安全印象，令我感到不可思議。或者，給人保險箱般穩固安全的是病床本身。不管如何，只要躺在病床上一切就相當安全了。有人理所當然這麼想。病床在不知不覺間悄悄地被賦予這種任務功能。交通事故、謀殺、因意外而殘疾，或是被上司追問績效，這些只要躺在病床上都不會發生。

白天嘈雜的病房，到了深夜顯得相當靜謐。被病患期待或未被邀請的訪客，在晚餐前到來。這情形在病患住院後的兩天內頻繁出現。子時已過，幽靜的廊道上，清晰聽見嘈雜聲從７０６病房傳出來。推開房門，一道強烈白光迎面而來，喧鬧聲剎那間崩解。空氣裡彌漫濃重酒味。滯留在封閉室內的臭氣，在門被推開的瞬間隨著氣流改變，全部湧向室外，一股腦兒地衝進我的鼻腔竄進肺部。躲也躲不掉。光是吸聞便讓人產生暈醉感。

和其他病房已經睡著了的病患不同，靠近房門的A病床上，禿頭黑瘦男子坐在床中央，隔壁B病床上身材發福的男子則緊靠床頭坐著。兩人年紀相當，同時抬眼睨著站在門口的我。

我低頭掃視地上一圈，無法用眼睛立即算出數量的空酒瓶堆在兩張病床之間。兩瓶尚未打開的啤酒放在桌上，三只紙杯中的兩只注滿金黃色液體，另外一只殘留水滴和些微泡沫。空掉的杯子給人盡興的感覺。

這裡是醫院，不是喝酒聊天的地方。我板起臉孔，用不同於平常的語調說。

護士小姐，妳是新來的嗎？坐在B病床上的發福男子，用一種令人感覺輕浮的笑臉說，以前怎麼都沒有見過妳？

我沒回答，拿著兩份準備好的藥物，逕自走到他面前。

你叫什麼名字？我看了看其中一份藥包上面的名字問他。

妳不是負責照顧我嗎，怎麼連我的名字也不知道？發福的男子反問我，眼睛直視我的胸前，似乎想要看清楚垂掛在那裡的名牌。

胸部被人刻意盯視，就像裸露的身體被偷看。但我不能閃躲。我有義務讓病人知道我的名字，這是理所當然的事。很不巧，名牌剛好掛在胸前。名牌應該放在身體的哪個部位，最後的決定者大概是男性。隆起凸出的胸部，與平面身體垂直而成，只是瞬間的變化，卻立刻吸引人的目光。

我刻意轉過身，躲開他的視線。抬眼注視牆面，確定診斷牌上的名字與藥包上的名字相同後，把藥包放在他床旁邊的桌上。

剩下的一份藥包拿給A病床上瘦小禿頭男子時，問了相同的問題。你叫什麼名字？

我不要吃。禿頭男子推開我手中的藥。

你叫什麼名字？

我不要吃。

我皺著眉頭，放棄追問名字，也不想強調名字在醫院裡是一件多麼重要的事。三讀五對這項準則沒有必要對誰一一解釋清楚。那是給護理人員遵守的教條。

為什麼不要吃？

禿頭男子沒有回答，低下頭看向自己的雙腳。我順著他的視線將目光放在他的腳上，坑坑疤疤數也數不清的傷口佈滿上頭。兩隻腳受傷的程度，光從裸露的腳踝附近察看，沒有左腳先截肢，或右腳後截肢的先後問題。兩隻腳傷口惡化的程度相當。但病歷上清楚寫著左腳截肢。我疑惑地看了看他的腳，想著，也許褲管往上捲起後，差異性便明顯顯現出來了。

禿頭男子意識到我的眼光停留在他的腳上，不安地拉了拉褲管，試圖遮住腿上的傷口。應該踩踏在地板上的左腳，過了今天，不管用什麼方法，都無法感受地面給予的實際溫度是不爭的事實。無論冷熱、粗糙、平滑泥地或柏油路面，都無法感受。我同情地看了看禿頭男子，心裡想著，趕快用你的雙腳走路回家吧。奔跑也好，一邊緩慢徒步一邊欣賞風景也行，在原地轉圈圈像個孩子般蹦蹦跳跳或許更好。總之，走出去、走出去、走出去。禿頭男子只是靜靜低下頭，注視著自己的雙腳。飄旋在半空中的腳，什麼也沒有做，只是存在在那裡。

我再一次把手中藥包上的名字，與A病床床頭牆上診斷牌上的名字核對，確認無誤後放到桌上。

這包藥吃完以後就不能吃東西了，連水也不能喝。離開病房前，我對禿頭男子說，酒也不行喝。

剛關上房門，人還未離開門口，像爆炸般突然響起的笑聲，從病房內傳了出來。我繼續推著治療車走進另外一間病房，把那笑聲拋在幽暗的病房外。此時，706病房裡的發福男子與禿頭男子，大聲狂笑後仍繼續舉杯喝酒。禿頭男子把兩人的杯子斟滿酒，繼續一杯又一杯地喝。桌上的啤酒只剩一瓶。發福男子說話的速度開始變得緩慢，幾乎不再拿起杯子。禿頭男子一仰而盡，獨自喝酒。他正在為住院治療的妻子所需的高額醫藥費發愁。但他沒有對發福男子訴說。他回想，在電梯裡按下七樓的按鍵後，思緒便直接鑽進應該要向誰借錢的事情上。不久，電梯門打開，他立刻匆匆忙忙走出電梯，要走到妻子所在的病房，卻不知已轉錯方向。妻子不在那裡。眼前出現和他年紀相仿的男子，穿戴整齊躺在床上。他正想要罵出聲，躺在B病床上發福男子先叫出他的名字，阿財。

禿頭男子轉頭看向發福男子，立刻認出他，趨前緊握對方的手。學生時代的朋友，曾經保持著相當長的友誼。幾十年不見了。在什麼時候中斷彼此的聯繫，禿頭男子怎麼也想不起來。仔細往對方眼睛瞧，映在對方瞳孔上自己的身影，已經和當年不一樣了。兩人互相笑著虧損對方，感嘆時間流逝的速度。一個胖了，一個禿了。一個病了，一個照顧生病的人。發福男子介紹躺在A病床上的男子，汪先生，給禿頭男子認識。三個人很有默契閒聊起來，並從院外叫來了啤酒互相喝著。汪先生喝了一杯後離開，留下兩人獨自喝酒。幾乎全部買來的酒都快被喝完了。禿頭男子一口喝完，又接一口，半個身體斜靠床頭，抖動著雙腳。他的腳上到處是傷口，新傷口長在剛結痂的舊傷口旁，一些膿血從旁流了出來。

你腳上怎麼都是傷口，看起來很嚴重？發福男子問。

沒辦法，只要有傷口就很難癒合。禿頭男子看了看自己的腳說。

你有沒有去找醫生做檢查，不然，我替你介紹幫我開刀的醫生給你。發福男子說。

禿頭男子仰頭飲盡杯子裡的酒。接著把最後一瓶酒打開，繼續獨飲。兩人落入長長的沉默。過不久，他低聲模糊地說，看醫生也沒有用……都是要錢……說完，便仰頭昏睡在A病床上。

發福男子沒有聽見這段話，更早之前，被醉意襲擊的他，早已經陷入深沉熟睡裡。

做完夜間治療，經過706病房，我刻意停下腳步在門外試著聆聽病房裡的聲音，整個病房好像沒有一絲生命氣息般靜悄悄地。除了頭頂上方冷氣聲外，聽不見人聲。我走進護理站內，住在703單人房的女士，臉色發白慌慌張張提著點滴瓶走出來。裸露在外的針頭垂落手臂上，鮮紅色血液沾染雙手。她沒有壓住傷口，任由大量血液從細小針孔流出，沿途滴落地板。我趕緊取出棉花球教她按壓住針孔，等待血止住時間，擰乾濕毛巾把沾染血液的雙手清潔乾淨。跟隨她回去703病房，沿路地板上的血液，被鞋子踩踏過形成一長串紅色足跡。進入昏暗病房，立刻摁下開關點亮天花板的燈。明亮光線下，瘦弱纖細的手臂白皙透明，很快就找到替代血管。綁上止血帶，血液瞬間凝聚在手臂上，血管立體般浮出皮膚底層。局部消毒完畢，迅速將針頭插入細小但平直的血管內。一滴血也沒有流出。固定好針頭，旋轉調速器，點滴瓶內的液體滴落在集腔室，沿著管徑一滴緊接著一滴往下墜落。設定好點滴流速，然後收拾器具返回護理站，途中地板上被踩踏過的血跡，再次印上腳印。還沒走進護理站內，電話鈴聲在寂靜無人的空間刺耳響起。匆匆忙忙接起電話。仔細聆聽對方話語後，我走進置物間取出床單被套單等物品。抱在懷裡的被單，在沒有人醒著的空間裡，給人格外溫暖感覺。我朝病房走過去，沾染在鞋底的血跡，又隨著步伐沿途印在地板上。紅色鞋印停在７０５病房門口前。一個人鋪床。白色枕頭裝進淡黃色枕套，棉被塞進被套裡，看起來不起眼的工作，實際做起來卻耗費不少體力。

病人很快就會來了，我想著，在此之前必須先把地上的血跡清理掉。快速奔回護理站，把剛才丟在洗手槽的濕毛巾重新洗滌。紅色血水沿著水流嘩啦嘩啦落入排水孔。搓搓揉揉後擰乾毛巾，剛要蹲下擦拭地板上血跡，電梯門叮一聲打開，手術室的護士正費力推動病床。我丟開抹布立刻迎向前，看似未成年的年輕男生躺在床上。黑色龍圖案的刺青，從耳朵後方往下延伸劃過脖頸，最後停在肩膀上。龍頭突兀出現在衣服遮蔽不住的地方，龍尾巴勾在耳朵上。怎麼看都像一隻淘氣的猴子倒掛在樹上。

兩人一前一後合力推動病床，病床的四隻輪子滑過血跡。原本純粹排列的紅色痕跡，像青少年鬥毆過留下的現場，變成一片模糊血海。我一邊著急地思索要把尚未乾涸的血跡清理乾淨，一邊推開705房門。床與床碰撞發出聲響，年輕男生似乎還浸潤在麻醉藥的藥效裡，尚未甦醒過來。兩人合力把刺青男抬到床上，掀開他身上衣服，另一隻更大的龍的身體突然映入眼簾，龍尾部分被硬生生切斷，替代的是橫貫在上的白色紗布，和留置在那的引流管。龍頭呢？這麼想時，手術室護士把刺青男身上衣服往上掀起，整隻龍立刻竄進眼底。龍的眼睛望向我看不見的地方。快速檢查刺青男身上的引流管、尿管以及點滴瓶。視線忍不住往上游移，忽然想到，一大一小的龍也許正在傳遞人類所不知道的訊息。那會是什麼？從這兩條龍的眼睛裡，我讀不出那訊號。

這條龍如果知道自己尾巴被砍斷，不曉得會是什麼樣的心情？手術室護士拉下刺青男衣服，把手上資料交給我時這麼說。

家屬呢？我問。

他是救護車直接送過來的。手術室護士說，等一下會再送一個病人上來。

手術室護士間接的回答，不須特別思考也知道答案。

短期間之內家屬不會出現。

很快又會有另外一位病人住院。

同時有兩個病人住院，光是執行醫囑就需要花費許多時間。我看了看手錶，距離下一次交接班還有很長時間。還好，我還有時間。依照有序節奏，只要其他病人都深深沉睡，一切我都應付得來。在天亮之前。

安置好刺青男，我們離開病房，再次從血跡上踩過去，但血跡已經漸漸乾涸，印不出多餘的腳印。走進護理站，把資料裝進705A病歷夾裡。還很年輕的刺青男，病歷的厚度卻像罹患慢性疾病經常光顧內科病房的老人。我翻閱病歷，刺青男因意外受傷住院五次，在本院附屬的戒毒中心治療過三次，十幾次門診紀錄，全都是因為不明原因頭痛而求診。

病歷剛整理到一半，巨大嘶吼聲從705病房傳出來。我立刻丟開病歷，衝進病房。刺青男坐在床上，正要拔掉手上的注射針。我趕緊壓住他的手制止，但他的力氣超過我所能負荷，揮動手腳立即把我踢倒跌落地上。我起身，趕緊壓下床上的呼叫鈴，護理站的鈴聲隨即響了起來，我突然想起，病房裡的緊急呼叫鈴，是為了讓病人呼叫護士設計而成。沒有誰會出現。

但一位看起來樸素妝扮的中年婦人，神情焦慮不安突然出現在病房裡。她壓住想要繼續拔掉點滴瓶的刺青男，一邊叫著刺青男的名字。刺青男拚命掙扎，腳亂踢動，愈想抓住他，他就愈抗拒，任憑中年婦人勸說，都無法使他安靜下來。

看我怎麼砍死你，刺青男喊著。

留下中年婦女，我匆匆跑到護理站打電話給值班住院醫師，尋得口頭醫囑後，拿著鎮靜劑與約束帶重回705病房。

在中年婦人協助下，把鎮靜劑注入刺青男身上。刺青男還在亂吼亂叫，動來動去，過不了多久，藥物發揮效用，刺青男進入睡眠狀態。為了防止剛才事件發生，我將刺青男雙手綁在兩側床欄杆上。

他會死嗎？見刺青男動也不動躺在床上，中年婦人問。

不會，只是打鎮靜劑而已。

大概察覺到我聲音裡有種急促的冷漠，中年婦人更加膽怯小聲地問，他給刀子砍到，不知道會不會死？

詳細的病情，妳要到天亮以後再問醫生。說完，我迅速離開病房，留下中年婦人待在那裡。

突然發生的事，打亂了原本安排有序的治療流程。類似這種打亂程序的事，病房裡每天都會發生。病房裡的工作，原本就是由瑣碎雜亂的事物編織成。一天又這麼度過，誰也沒有理由抱怨。但僵硬的臉、冷淡的態度，不知不覺間顯露出來。最先察覺的是病患以及家屬，但他們不會立即反擊，反而默默承受。同事之間，誰也不會去糾正誰的臉色難看，彼此保持適當距離，唯恐也淪陷其中。

我抬頭看著牆上時鐘，轉瞬間時針又走完一圈。到茶水間補充水分，腦海裡重新整理排列幾項應該做完，卻尚未完成的工作順序。水還沒喝完，呼叫鈴突然急促響起。帶著怦怦怦像要跳出胸腔的心臟，我迅速跑進護理站，按下閃爍紅色燈光的７０１按鈕。

護士小姐，妳快點……快點過來，我先生他……他怎麼會變成這樣？女人像是見到異形般，語氣裡充滿緊張害怕。

從不完整既似疑問又像肯定的字句裡，我無法辨識病患怎麼了。來到病房，躺在病床上的病患呼吸急促，站在一旁的女人只是害怕哭泣著。男人的臉龐發紺，幾乎要吸不到空氣。我立刻取下掛在牆上的氧氣罩，戴在病患臉上，轉身跑出病房衝進護理站打電話給值班住院醫師。這時，呼叫鈴響了起來，牆上顯示709C病房的按鈕，紅色燈光不停閃爍。任由鈴聲兀自響徹，我隨即又推動急救車再次回到701病房，將電擊器上的心電圖導片貼在病患胸前。

心電圖畫面上心跳速率的數字愈來愈小。像是坐進世界第一高樓的電梯內，抬頭看樓層顯示器的情景。驟降的速度令人窒息。再不做點什麼，完整的生命就要從眼前消逝了。這麼想時，值班住院醫師剛好趕到病房巡視病患情況。他站在床頭微彎腰，一隻手扶著病患的頭頸處，另一隻手拿起L形喉頭鏡插入病患口中。喉頭鏡附設燈光將病患口腔照亮一覽無遺。值班住院醫師接過我手中的氣管內管，在光亮中順著喉頭鏡微彎曲線插入，經過聲帶後插入氣管。氣管內管毫無阻力順暢插入，我趕緊用一根空針把小小的套囊充滿氣體，接上甦醒球打入氧氣。值班住院醫師用聽診器聆聽病患肺部的聲音，確定位置正確，我用膠帶固定好位置，開始替病患實施心肺復甦術。

被眼前所見的事物驚嚇得說不出話來的女人，仍然在旁邊不斷哭泣。

像我剛才那樣有規律地壓下去，我把甦醒球放到女人手中對她說。

女人疑惑接過甦醒球，卻不知所措佇立在原地。

妳自己怎麼呼吸就怎麼壓下去，我著急地大聲喊。

女人啜泣中顫抖著雙手按壓甦醒球，一開始，節奏凌亂沒有秩序，就像漂浮在海水中快要被水淹沒的人一樣，急忙用力呼吸。漸漸女人找到手感般，緩慢適當壓著甦醒球。我依照值班住院醫師吩咐的醫囑，不斷為病患投予急救藥物，值班住院醫師雙手打直放在病患的胸膛上按壓，不停地為他施行心肺復甦術。漸漸地，心電圖上波形呈現穩定跳動。

先送去加護病房，值班住院醫師喘著氣說。

確定好加護病房的床位後，與家屬一同將病患推往三樓。

我先生會不會死？女人紅著眼眶，濕潤的眼神焦慮望著我。

會或者不會？我不能回答這種只向單一方向前進的答案。只是疲倦又冷淡說，加護病房裡的護士會二十四小時照顧他，接下來有任何問題妳找他們。

加護病房內的幾名護士，將病患抬到屬於加護病房資產的病床上。

現在開始，男人的一切與我無關，女人心頭所有疑問，會在森嚴的加護病房裡找到答案。也許會，也許不會。醫院裡沒有一種專門治療「萬一」的藥物。回到護理站，手術室護士和另外一名病患已經等候在那裡。

怎麼沒有先打電話，我口氣不耐煩地說，床都還沒有鋪好。

打了好幾通都沒人接。

哪一床？手術室護士一邊推著病床一邊說，今天真忙。

我領著他們進入705病房。擅自躺在B床上的中年婦人聽見聲音醒了過來，驚慌地從床上下來。手術室護士看了一眼躺在A病床上雙手被束縛的刺青男，接著協助鋪設B病床的床被單，中年婦人也過來幫忙。三人協力將病患抬到床上。

終於忙完了，我要去睡覺了，手術室護士嚷著說。

我對著即將關閉的電梯門喊，家屬呢？

找不到家屬，手術室護士說，對了，他就是砍斷那條龍的人。

電梯門關上，我無奈地癱坐在椅子上，疲憊說不出話來。為了方便治療，把病患集中在同一個病房，卻可能意外引發更多衝突，導致無形的醫療浪費也不一定。我思索著是否要把大腿受傷的病患，調換到其他病房時，呼叫鈴聲又響了起來。７０９Ｃ病床掛在架子上的點滴瓶已經滴空，換上新的點滴瓶重新打開調速器，卻不見液體滴落在集腔室裡。血液回流在管徑內，我捏了捏輸液管企圖讓它回復順暢。

怎麼叫了好久都沒有一個護士過來。上了年紀因攝護腺肥大而動手術的病患抱怨著說。

對不起，剛剛有緊急情況不能前來。很抱歉，你的情況跟剛才那個病人比較起來根本不算什麼。我人都在這裡了，幹嘛還一直抱怨。這些，我都想說出口，卻把話硬生生吞進肚子裡。護理人力比例不應該引進西方元素，矮小瘦弱的東方人體力怎麼跟人高馬大的西方人比較。我想，真是吃虧。也許制定制度的人會反駁，高大的人體力反應度又不一定比較好。被延誤的治療還沒做完，我頭也不回留下病患回到護理站。我蹲在地上用濕布擦洗地上已經乾涸的血跡，腦海裡想著要寫護理紀錄的事。十五本加上兩本。一本都還沒有寫。不久，決定放棄清潔地板。非護理專業的事，留給專業的人去做。負責病房清潔的人，大概會皺眉頭打掃，心裡不停地抱怨也說不定。黎明前時刻，身體所有器官開始蠢蠢欲動。剛坐下來，一股睡意立刻像浪潮般拍打我的腦袋。肚子卻咕嚕咕嚕叫著。精神狀況與身體之間錯亂掙扎。但書寫護理紀錄必須具備清晰有條理的頭腦。我花了相當長的時間，研讀每位病患入院期間的醫療紀錄，把它記在腦中，再一一書寫由我負責照顧的八個小時之間的護理紀錄。長相個性截然不同的病患，被記錄下來的事情大致相同。尤其是深夜的護理紀錄，即使每個人都做著不同的夢，夢裡的情境也有很大差異，但護理紀錄單上仍以相同語調相似文字記錄下來。不知不覺間，窗外天空漸漸明亮起來，睡眼矇矓的值班住院醫師突然走進護理站。

706A送到手術室。

還沒有八點。我疑惑地看了看手錶說，為什麼提前？

陳醫師晚上連續開了三台刀，所以截肢手術由張醫師代替他做，值班住院醫師說。

你要不要去看一下病人？我想起青交代住院醫師還沒看過病患的事。

這時電話突然響起，值班住院醫師接起電話聆聽，不久他掛上電話後說，我先去加護病房處理病人，等會再去看。

值班住院醫師走向電梯，我對著他的背影提醒，但是706A已經要送去開刀房了。

值班住院醫師比劃完打電話的動作後，消失在電梯門口。

我迅速來到７０６Ａ病床，禿頭男子正發出雷一般鼾聲，任憑我怎麼叫喊，他都沒有醒過來。我回過頭喊Ｂ病床上的發福男子，想尋求他的協助，但發福男子正深深熟睡中。

中年婦人站在７０６病房門口向內張望。我示意她進入病房。

護士小姐，點滴快要沒有了。中年婦人躡手躡腳進入病房說。

妳先幫我把他抬起來，等一下我再過去換。我一邊脫下禿頭男子的衣服一邊說。

中年婦人費力扶著禿頭男子，一邊小聲詢問，等一下我兒子如果醒過來，可不可以給他吃東西？

還不行。我幫禿頭男子戴上手術帽後說，等醫生查房時，妳再問他。

我獨自推著病床往電梯方向過去。這時，７１６病房罹患癌症，剛做完化學治療的林女士正推著點滴架，沿著廊道來來回回走動。她一夜未闔眼，紅腫眼眶凸浮在蒼白臉上。她低頭走著，腦海裡淨是想著一整夜都未見到蹤跡的丈夫。當我推動病床經過她旁邊時，為了讓出更多空間給行進中的病床順利通過，林女士停下腳步，面對牆壁靠站。

我看了她一眼，迅速推動病床進入電梯內。電梯內，從禿頭男子嘴巴裡吐出來的酒味佔據密閉空間，我憋著氣隨著樓層數字倒數計時，電梯門剛打開，我像快要溺斃的人一樣，忙著深深吸進空氣，直到手術室護士從我手中將禿頭男子接走。我把病床放在手術室外頭，靠牆鎖住輪子後獨自回到病房。

手術室的護士對著禿頭男子喊，汪先生，並且跟他解釋即將要注射麻醉藥了。禿頭男子宿醉仍未完全清醒，只是哼哼啊啊像是回答般應聲。張醫師正在禿頭男子左腳上進行消毒。

這個病人還真能忍耐，腳都已經潰爛成這樣子了才要來開刀。張醫師邊消毒邊說。消毒的同時，張醫師瞥見禿頭男子的右腳，腳上傷口潰爛程度與左腳相當。陳醫師只說左腳開刀而已嗎？張醫師停下消毒動作，抬眼詢問值班住院醫師。值班住院醫師彎下腰，仔細認真看了看兩隻腳的傷口，又回頭望著病歷，然後點點頭說，病歷上是這麼寫的。

手術室裡的人彼此互相看著對方。流動護士撥電話給陳醫師想要確定實際情況，但電話鈴聲響了很久沒有人接聽。

過了一會，張醫師拿起手術刀說，就照陳醫師的意思先切斷左腳，讓他先留一條腿走路也好。

我回到護理站，匆匆忙忙把治療車上的藥物、試管等物品帶到病房，為每個病患做最後一次的護理治療。抽血、測量血壓及體溫，不斷詢問病患的大便次數以及顏色。有些病患，尚未完全甦醒過來，模模糊糊回應我後又沉沉地睡著。有些病人，則精神飽滿在病房裡先行活動起來。所有人的一天就要開始了。距離交接班時間還有四十分鐘，我的一天將要結束。

這時，刺青男突然大聲尖叫，幹，我的龍怎麼不見了？

我立刻衝進705病房，見刺青男正扯動被綁住的雙手，床欄嘎啦嘎啦響著。中年婦人焦急在一旁安撫他。但刺青男完全不理會，自顧自喊著，我的龍呢？床旁桌上放著一個臉盆，盆內盛著污黑的水與毛巾。我立刻明白這是怎麼一回事。依照必要時醫囑將鎮靜劑再次注射到刺青男身上。一切又安靜下來。不久，白班護士陸續抵達後，護理長領著我、青以及其他護士到每一間病房查房並做交接班。來到706病房，躺在B床上的發福男子仍深深熟睡中，除了鼾聲之外，連翻身的動作也沒有。我剛交代完706A已經送進手術室，汪先生滿臉笑容，精神抖擻從門外走進來。

我的床呢？汪先生對著原本應該放著A病床的空位，臉露疑慮。青露出訝異表情望向汪先生後盯著我瞧，眼神流露驚恐。在場的每個人都同時看向我。她們拉起我的手臂，匆忙走出706病房，留下汪先生疑惑站在原地。

手術室電話響起的那一刻，禿頭男子被截下的腳正好掉入垃圾桶裡。張醫師準備離開，留下值班住院醫師處理縫合殘餘傷口。接聽電話的手術室護士臉色一陣鐵青掛斷電話。

送錯病人了。她走到張醫師面前緊張地說。

張醫師一臉疑惑。手術室護士重新解釋了一遍，輪到張醫師表情驚訝地說不出話來。不遠處，正在縫合傷口的值班住院醫師，放下手中針線走到禿頭男子旁盯著他看。

是不是他？張醫師問值班住院醫師。

值班住院醫師低下頭不敢說話。

到底是不是送錯病人？張醫師幾乎咆哮地問。

我也沒看過病人。值班住院醫師緊張小聲地回答。

張醫師氣得說不出話來，怒氣沖沖轉身離開。

現在怎麼辦？接聽電話的手術室護士問。

沒有人回答。

值班住院醫師拿起垃圾桶裡的腳看了看後又丟回垃圾桶，繼續縫合傷口。

這隻腳還要嗎？接聽電話的手術室護士，蹲下身望著垃圾桶裡的腳問。

值班住院醫師還是沒有回答。接聽電話的手術室護士，默默撿起沉重黑青的腳，裝進塑膠袋內然後塞進冰箱。當聽見不知從哪冒出來的禿頭男子已經被截肢後，我的疲倦突然消失，取而代之的是驚慌。胸口緊縮幾乎暈厥過去，臉色發青站在護理長面前，任由她嚴厲指責。那隻腳已經硬生生被切斷了。地面的冷熱、粗糙細緻，木頭地板的厚實感受，還是海水的溫度，都與它無關了。

汪先生走到護理站前，再次詢問何時開刀，護理長勉強編了個謊言，要他先回病房繼續等待通知。我著急地來到７０６病房，試著將Ｂ病床上的發福男子叫醒，詢問他關於禿頭男子的身分背景。宿醉中的發福男子還未完全清醒過來，模模糊糊說，我不知道，妳們自己問他，倒頭又睡了過去。

坐在旁邊椅子上的汪先生，不停地說，我早上都沒有吃東西，肚子好餓，趕快送我進去開刀，好讓我早一點可以吃到飯。

如果你不要偷跑回家，早就已經開完刀了。我生氣地對汪先生咆哮。青聽見聲音，從門外衝進來把情緒失控的我帶離病房，留下一臉錯愕的汪先生獨自坐在椅子上，面對沒有病床的空位。

值班住院醫師做完傷口縫合後，讓手術室護士打電話通知即將送禿頭男子返回病房。護理長要求手術室護士，希望暫時讓他待在手術室裡。

那怎麼行，這裡又不是病房。

手術室護士說完，掛斷電話，隨即將禿頭男子推進電梯。7的按鍵已經亮著紅燈。手中拎著剛從便利商店買來的食物的林女士，既虛弱又飢餓地扶著點滴架，站在電梯內。病床幾乎佔據整個電梯空間。林女士身體盡量往牆邊靠站，電梯門自動關上後，林女士低頭注視著病床上的男子。眼前的男子戴著手術帽，雙眼緊緊閉著，但她一眼就認出來。剎那間，她尖叫哭了出來，不停對著病床上的男子喊著阿財、阿財，你怎麼會變這樣？

麻醉未醒的禿頭男子沒有任何反應，連眼皮也像是被黏膠固定住動也不動。林女士身體癱軟哭倒在禿頭男子身上，手上食物掉到地上，注射針管也從她手上脫落，在點滴架下隨意擺盪。血沿著她的手臂，滴在病床上，再墜至電梯角落。

妳認識他嗎？手術室護士疑惑驚訝地問。

林女士不停地點著頭，虛弱的身體顫抖得更厲害，抽抽噎噎不斷哭泣。

電梯門打開，手術室護士將病床推出電梯，護理站內的護士們全都迎向前去，想看清楚禿頭男子長相。她們嘰嘰喳喳說個不停。紅著眼眶的林女士亦步亦趨跟在後頭，卻被圍觀的護士推擠在後面，手術室護士把她拉回到禿頭男子病床旁，向所有人宣佈，這是他太太。

林女士怯懦低下頭不知如何回應，在場的護士吃驚地望著她，說不出話來。

他真的是妳先生？我問。

林女士默默用力點頭。

妳怎麼確定他是妳先生？我看了看禿頭男子，又看著林女士問。

問完這個問題後，我很後悔。

二十幾年來，他都長這個樣子。林女士著急扯下禿頭男子頭上的手術帽，並指著他的臉說。

我與其他護士們彼此對看沉默不語。林女士見狀，緊張地舉起禿頭男子左手，指著手臂上一道長長疤痕說，這是他蓋房子掉下來骨折開刀的傷口。接著又迅速掀起棉被，卻被眼前景象驚嚇得說不出話來。她身體癱軟似乎要暈厥過去，我即時扶住她。

我們先到病房去，護理長說。

要送回706病房嗎？我小聲地問。

護理長還未回答，汪先生正從706病房走出來，停在禿頭男子旁邊。

到底什麼時候要開刀？汪先生問。同時，他低頭看見躺在病床上禿頭男子被切斷的腳，驚訝地說不出話來。

我不要開刀了。汪先生迅速走進電梯，頭也不回離開。

禿頭男子被安排在716病房A床，與林女士同個房間。旋轉立式架上，716A欄位只插著一張診斷牌般大小的黃色牌子。上頭沒有名字、年齡、診斷名稱。病人數維持在十七人。關於他的醫療紀錄，也被記錄在屬於汪先生的病歷上。他像幽靈人口，存在在那裡。原本應該離開醫院的我，也像幽靈護士被留在他旁邊。

阿財到底發生了什麼事情？林女士問。在他被截肢後，我才知道眼前的禿頭男子，有一個非常普遍的名字。這麼普通的名字，應該與普通的人生同時前進。

護士小姐，為什麼我先生會變成這樣？林女士再次詢問。

我不知道該如何回答，也被禁止做任何回答，只是靜靜地沉默著。很長一段時間，我們只是聞著從禿頭男子身上散發出來的氣味。

聽到消息的陳醫師氣急敗壞趕到護理站，瞭解事情來龍去脈。青走進病房把我叫去護理長辦公室。現場聚集了許多人。整個晚上忙碌奔波，此時卻一點睡意也沒有。看起來他們已經花了一些時間討論了，但沒有達成任何共識。

現場氣氛凝重，像暴風雨前天空烏雲密佈，濃重厚黑的雲團重重壓在我心頭。不管過去我多麼細心照顧病人，只要犯下醫療疏失，一切都很難挽救。有人提議，把切斷的腳接回去。也有人建議，製造像是因為喝醉酒被撞斷腿被截肢的假紀錄。有人附議這個提案，也有人表示不贊同。不贊成的是陳醫師，他不想在這個艱難的時刻，再背負偽造病歷的罪。護理長與青後來也傾向支持這個想法。我沒有表達意見，也沒有人詢問我的意見。我靜靜待在一旁默默聆聽。辦公室裡，討論聲繼續進行，我既疲憊又虛弱地突然開口，我去向他們解釋道歉。青質疑眼神望著我。這時，值班住院醫師走進辦公室，在場的人都將目光投向他。

你去向那個被你截斷腿的病人解釋清楚，青突然對值班住院醫師說。

為什麼是我？我也是受害者。值班住院醫師回答。

話剛說完，他瞥見陳醫師嚴肅著臉坐在旁邊後，旋即轉了口吻說，負責開刀的張醫師會一起去嗎？

沒有人回答他。

辦公室的門突然被打開，林女士露出半張臉說，我先生醒了，他一直喊腳好痛。

一行人擠進716病房，禿頭男子正不斷哀嚎大喊，我的腳快要痛死了，快要裂開了。

你那隻腳已經沒有了，怎麼會痛。林女士擔憂地在一旁不斷安慰他，隨即掀開棉被，一長一短的雙腳立刻出現在禿頭男子視線裡。

看著被紗繃纏住的腿，禿頭男子不可置信望著它。房間內每個人也都像第一次見到那雙腿一樣，專注地看著。一股血流像是突然從禿頭男子體內流失般，讓他感覺眩暈空白。

我的腳呢？他邊摸著斷肢邊激動地說。

林女士哭了出來。青把鎮靜劑透過點滴注入到他體內，過一會，鎮靜劑發揮功效，止痛劑也讓他的疼痛得到緩解。

你會感覺到被切斷的腳還長在那裡，而且又會痛是很正常的，陳醫師清了清喉嚨說，那叫幻肢痛。

什麼叫正常，我的腳無緣無故被鋸掉，你說這叫做正常。禿頭男子激動地說，我不想要聽那些，你說，我的腳是怎麼樣，為什麼會被切斷？

你自己發生什麼事情，你都不知道？林女士看著禿頭男子說。

我怎麼會知道，我就只是睡了一個晚上，醒來就變成這樣了。禿頭男子更加生氣地大聲說。

禿頭男子與林女士同時看著陳醫師，等待答案。其他人也在觀察陳醫師會如何回答。我感覺心臟怦怦跳得厲害，幾乎要從左邊乳房跳出來。

很抱歉，這是我們的疏失，陳醫師說。

房間內，每個人都睜大眼睛看著陳醫師。

醫生，你說這句話是什麼意思？林女士緊張又不知所措地問。

護理長推了推我的手，示意我解釋整個事情發生的經過。聽完我的敘述，林女士開始放聲大哭。沒有人安慰她。每個人都繼續沉默不語。把一切說出口後，我有一種如釋重負的感覺。該面對的現實，遲早要面對。我心裡想著，和禿頭男子被截斷的腳比較起來，一切都顯得不重要，因此，不管是什麼樣的懲罰，我都要接受。

我願意給你們一切賠償，陳醫師說。

我的腳都沒有了，你要怎麼賠償。禿頭男子突然哭出聲，現在，連我太太的醫藥費都不能去賺了，你叫我們以後的生活怎麼過下去。

一連串的憤怒抱怨，從禿頭男子口中吼出來。陳醫師靜靜耐心聽完，再次表達願意負起全部責任後離開病房。

我去幫你辦住院，我對禿頭男子說。

如同細菌傳播的速度，醫療疏失的事，很快就在醫院內傳開來。每個部門都在討論這件事情的情況與最新發展。陳醫師、張醫師、值班住院醫師、護理長與我都在院長室裡，護理部主任也因職責從屬關係，安靜地坐在一角默不吭聲。

院長鐵青著臉怒斥，荒唐。

院長室裡沒有人敢吭聲，連呼吸的音量都盡量降低。

他們要多少錢？聽到這句話，現場的人都屏住呼吸說不出話。對於醫療疏失所要賠償的金額，是想都不敢想的數字。

緊急開完會後，護理長讓我回家休息，同時暫時停止護理工作。我不知所措，卻只能默默離開。經過一樓大廳櫃檯繳費處，見林女士正在與櫃檯人員商量先辦理出院，再還醫藥費的事。不管她怎麼哀求，櫃檯人員仍然堅持要她付完醫藥費後，才可以離開醫院。

回到病房，禿頭男子見林女士失落的眼神，原本意外被截肢的沮喪心情，現在更加低落了。他跛著一隻腳，往病房外跳出去。跳呀跳，跳了幾步路身體失衡整個人摔在地板上。林女士趕忙蹲下身想將他扶起來，這讓他更加憤怒甩開她的手。雙手用力一撐，僅剩的一隻腳用力一蹬，被截肢的那隻腳也不由自主用力緊縮，像要給予他力量似的，重新站了起來。他跳呀跳，跳出病房往走廊跳過去，途中經過706病房，原本乾涸的血跡已經被擦掉，站在光滑平坦地板上，他感到腿無力，便靠在牆邊休息。

青拿了一支枴杖想要遞給他，他看也不看一眼，繼續往前跳過去。

阿財，你要去哪裡？林女士跟在後面焦急地問。

去想辦法賺錢。他頭也不回大聲回答。當他跳到護理站旁的電梯門前，護理長擋住他的去路。他更加生氣地說，妳是怕我們沒付醫藥費偷跑是嗎？

護理長被他的怒氣震住，溫和地拉住他要他息怒。電梯門打開，他正要跳進去時，剛好被走出來的陳醫師試著制止，然而，他仍然奮力一跳便跳進了電梯裡。

當禿頭男子從我眼前經過時，我正從繳費處櫃檯內走出來。抱著列印的資料，我回到七樓病房。

隔日，陳醫師、護理長與我三人一同到禿頭男子家。

你放心，你太太的醫藥費我們醫院會全部負責。陳醫師剛跨進大門便對禿頭男子說。

不用。我要上法院告你們醫院，直到醫院倒掉為止。禿頭男子說。

林女士則默默無語坐在一旁。

陳醫師拿出事先準備好的資料說，我查過了，一年前你在我們醫院看過腳，另外一位醫生已經建議你截肢了。

是，又怎麼樣？阿財激烈地回應說，我的腳我可以自己做主。

陳醫師繼續說，據我瞭解，你簽了手術同意書。

阿財，到底是什麼事情，你怎麼都沒有跟我說？林女士焦急地問。

禿頭男子低下頭，像洩了氣的輪胎被丟棄在角落。陳醫師將資料遞給林女士。禿頭男子仍舊默默不語。林女士看完報告書，驚慌地瞥向禿頭男子。

陳醫師見狀乘機說，你們積欠的健保費，我們會幫你們繳清。我拿出壓在桌上的那張公告給禿頭男子說，過年期間，你們來醫院住院治療，我們會給你們最優惠的折扣。院長特別交代，以後，你們所有的治療終身免費。陳醫師說完，禿頭男子與林女士彼此互看了一眼，什麼話也說不出來。

藥丸子對舞

十分鐘前，任憑我怎麼喊叫都沒有人理會，直到用擴音器廣播團康室開放時間在七點，幾秒鐘內，散在各處角落的人全都搶著聚集在護理站前。黝黑高壯目露兇光的大尾，從遠處緩慢走來，插進隊伍站在光頭前面。大尾站在眼神渙散精神委靡的其他人旁邊，像療養院內維護秩序的保安。大部分時候，大尾很躁動，但他不喜歡聽見歌聲。

夜間團康屬於非強制性治療活動，但不管病人意願如何都必須參加。這是沒有辦法的事。夜裡，除了偶爾出現在療養院的林醫師外，只有一名保安和我負責照顧所有的病人。把全部的病人集中在一起，是療養院唯一的管理方式。即使白天也一樣。新進來的護士萱會加入所有人的行列。不管做什麼事，每個人都用相同模式進行，但最後的結果卻不盡相同。就像現在，在盛滿藥杯的托盤上，取出一顆顆顏色、大小、形狀相同的藍色藥丸給不同的病人服用。吃下藥丸，卻沒有人變成一樣。每個人的腦筋還是兀自運轉，朝自身軌道前進。

被大尾踩到腳的光頭，此時腦海中接收到的訊息不肯倒退。他用力推開大尾將他擠出隊伍，兩人扭打在一起。隊伍被迫往後退，像蛇般歪曲逐漸圍成散亂不成圓形狀圈住兩人。扭打愈來愈激烈，吆喝加油聲不斷響起。我放下手中等待發放的藥物出聲制止，聲音乾乾的，像踩在枯枝樹葉上的音量，壓制不住喧鬧鼓譟中的人群。保安聽見鬧哄哄聲響，手持短棍迅速來到護理站。激昂吆喝的人群，見到保安瞬間停止安靜下來。他們都害怕保安手中的短棍。只有大尾與光頭依然扭打在一起。保安用短棍敲打以示警告，門發出巨大聲音，大尾與光頭在聲音迸出的瞬間停了下來，不等保安將他們分離立即自動散開。

在保安監視下，大尾擦去額頭汗滴轉身走到人群後面。行經依序排列的隊伍，有人竊竊私語，也有人兩眼空洞無神看向前方，任由自己跟隨其他人腳步排在隊伍裡。大尾站在人群後方，一隻腳隨意踢動牆角大型垃圾桶，垃圾桶碰撞牆壁發出響聲，我站在護理站內遠遠地瞪他。大尾見狀，收回踢動中的腳，聲音靜了下來，我繼續發放藥物。

如同過去的每個晚上，我繼續把托盤上的藥物分發出去。每人兩顆，都是安眠藥。光頭站在我面前，凝視眾多藥杯許久。由於每只藥杯裡的藥丸相同，因此就算拿到貼上別人的名字的藥杯也無所謂。

每一顆藥丸都可以屬於任何人。

光頭發現右側第一排第一只杯子內沒有藍色藥丸，面露焦慮動也不動站在那裡。我隨意拿起其他杯子遞到他面前，但他遲疑不肯接手。我把手上的藥丸倒進第一排第一只空杯後拿給光頭，他立刻露出微笑仰頭吞進藥丸，連水也沒有喝，甚至藥丸還沒完全滑進喉嚨，迫不及待張開嘴巴等待檢查。

他喜歡我看他的嘴巴。有時，我仔細叮嚀他把厚厚的一層白色舌苔刷乾淨，更多時候，光頭會故意不刷牙也不刷舌苔，為了讓我多花一點時間在他身上。但此刻，我只想要趕快做完例行工作躺在床上休息。我感覺腹部燥熱悶痛。從子宮內待了三個月才剝落形成的經血，正一塊又一塊通過陰道流出來。流出的溫熱濕黏血塊停留在衛生棉墊上的時間，已經四小時又十五分鐘，暗紅飽濕厚重的棉片不斷往下沉墜。我的情緒正在轉變。療養院室內的空氣，一直停留在滯悶尿騷味中。味道從來不曾散去。隨著時間堆疊反而愈加濃烈嗆鼻。從空氣流通的寬敞屋外走進療養院內，瞬間撲進鼻腔的陳年腐壞氣味，像是廢棄家具堆積在無人居住的老舊房子。但這裡住滿了人。圍住整棟房子的圍牆高度伸手可及，無人守衛的鐵門打開也能輕易走出去。萱是唯一每天進出那道鐵門的人。林醫師雖然不常出現，但也是透過鐵門往返。即使是保安人員，也會利用假日離開這裡。

鐵門是這棟建築物唯一與外面連接的地方，但我幾乎忘記流動中的空氣是什麼味道。

我卻記得貼在圍牆上那張紅底黑字幾乎褪了色的公告。

徵護士、無經驗可。供食宿的字眼吸引我的目光。

我必須盡快找到住的地方。

按下門鈴說明來意，很快就被錄取。在林醫師拿出其他護士留下來的白色護士服給我穿上之前，我一直都是穿著院內無領藍色衣褲。穿著和大家一樣的衣服式樣，很快就融入周遭人群投入工作中。

我和大家打成一片，並認真照顧病人。

妳沒有權力管我們，大尾說。

我是護士當然可以管你們。

大尾抬眼掃視我身上的藍色衣褲後說，我得的是精神病，不是智障。

我拉了拉身上白色護士服，濕熱汗液夾貼在身上。正值季節交替，熱氣流包圍住整間療養院，原本窗戶就很少的院內更加悶熱難耐。我沉默不語，不停地發放藥物。然而，伴隨著一季才來一次的月經，使得下腹部不時痙攣疼痛，情緒也變得比平常緊繃。對於每日要查看病人嘴巴的例行性工作，感到莫名厭惡起來。原本習慣室內氣味的嗅覺，也顯得特別敏銳。飯後充滿菜渣腐蝕的氣味，從黑洞般喉腔內湧出時，和經血的腥味在鼻腔裡撞擊，最後落在胃裡不停翻攪。

光頭張大嘴巴，我沒有仔細檢查隨即對他說，好了。

我的喊聲驚嚇了他，張大嘴巴不知所措愣愣站在那裡，直到我將另外一只小藥杯遞給他後面的病患，才默默走開。他沒有走遠，心情沮喪看著我對其他人重複相同話語、動作與口令。

托盤上剩下兩只藥杯。我遞了其中一只給大尾，剩下的收進上衣口袋。

大尾把手中的藥杯推向我說，這杯也給妳。

我默默瞪了他一眼。

大尾迅速吞下藥丸連水也沒喝上一口，轉身離開。

我拉住他說，舌頭伸出來，轉一轉往上翻。

我舌頭很厲害喔，妳要不要試一試。

在他轉動舌頭說話的同時，正把藥丸藏到舌頭後方。我又給了他一記白眼，並且假裝沒有看見。

不等我檢查完畢，他已經轉身離開進入廁所。迅速把手指伸進喉嚨，咽喉反射讓卡在喉嚨裡的藥丸和尚未消化完全的食物，全部被吐了出來。在一坨黑色殘留物中，大尾翻攪撿起邊緣溶化染上灰黑菜渣的藥丸，接著打開水龍頭喝了幾口，緩減由胃翻騰而來的灼熱感。

流動中的水將那顆藥丸與黑色食物殘渣沖進下水道。

光頭躲在廁所門外偷窺大尾舉動後，跑到團康室把見到的情況告訴我，說完，興奮地打開嘴巴要我檢查。

我撫摸疼痛的腹部，望著破舊木製舞台上五音不全歡樂唱歌的病患，連頭也沒有側過去，就只是點頭回應他。

和經血造成的疼痛比較起來，大尾的事變得無關緊要，但懸掛在頭頂上方整日嘎嘎作響的老舊吊扇，卻惹得我心情煩躁。老舊電扇嘎吱作響的聲音，透過麥克風不斷飆高的音頻，像針般穿刺腦海。

為什麼吃下藍色藥丸的病患精神這麼好？我疑惑地想著。

胸口突然一陣抑鬱緊縮，我不停地搥打胸前。站在身旁的光頭見狀，大聲笑了出來。有人不斷地發笑點頭，也有人在人群裡走來走去，不停地走來走去。大尾搶走別人手中麥克風，扯開嗓子大聲唱歌。總是閉著眼睛的一位女病人，摸著牆壁沿途走動，不停地在室內走上一圈又一圈。經過轉角處，幾名站在那裡的病患，開心地隨著歌聲舞動身體。他們將她推離牆面，但她還沒有學會離開圍牆穿過人群走路，只能緊閉眼睛，跌坐地上尖叫起來。她揮動手，試圖抓住周遭其他人的手，但沒有人願意把手借給她。他們圍在她身邊，像圍著熊熊烈火跳起舞來。

萱正好從室外走進來，換好便服準備離開。眼前的情況，她從未見過，急著尋找我的身影，見我不斷搥打自己，趕緊跑到我身邊壓住我。

過大的哭泣聲夾雜在喧囂中傳進我耳朵。

很久沒有聽見人哭泣的聲音了。眼前突然閃過母親哭泣的畫面震了我一下。身體被緊緊抱住無法鬆開的窒息難受，讓我靜止下來。睜開眼，腦海中一片空白回望萱疑惑眼神。

離團體治療結束時間還有十分鐘。

之後，在那十分鐘裡，光頭在我的視線範圍內不斷走動。一直到萱廣播的聲音響起，我都沒有看見，連舞台上麥克風的聲音也傳不進耳內，只是面無表情直盯著前方。萱放下廣播器，疑惑看著我，然後牽起坐在地上哭泣的那位女病人離開。廣播器傳出的聲音，從音箱裡消失時，麥克風還不斷傳來歌聲。站在舞台上的大尾，拿著麥克風對著經過他前面陸陸續續離開的人群，扯開嗓子不斷嘶吼。保安手拿短棍趨近大尾，大尾奮力將麥克風甩到保安身上迅速逃開。麥克風掉在地上的尖銳聲，透過劣質音箱傳送出來的剎那，我從一片空白思緒中驚醒過來，尾隨病患離開團康室。經過窗台，瞥見萱推開鐵門離開療養院，不久就消失在黑暗裡。

紅色濕透的衛生棉墊在夜裡愈來愈沉重，心想要迅速換上乾淨舒爽的白色棉墊，腳步已經來到病房做例行性巡視。病房分成八人一間、六人一間以及個人病房。療養院裡的個人病房只有一間，它不是一般醫院裡所見的單人套房，例如有衛浴、電視、沙發、冰箱、衣櫃等設備，而是被當作電療室使用。兩坪不到的陰暗空間，擺放一張單人床，床的四周各裝置一組皮製束縛帶，以及手動式欄杆。牆角有一組電療儀器。房間裡的擺設維持在上次做完治療後的模樣，只是多了些灰塵。

平時，只要巡視八人及六人的病房數間。我像平常一樣推開六人房的門，依靠牆壁擺放的每張床上各自躺著病患。光頭躺在其中一張床上，躁動不安翻來覆去，見我進入房間立刻站到我面前張開嘴巴。我驀地裡感到一陣心酸。不是因為光頭舉動，而是瞭解到光頭像是斷了線的風箏，飄在天空期待回到地面的感覺。

如果不把他拉下來，他便永遠也回不來了。但我什麼也沒有做，甚至刻意避開他眼睛，漫不經心說，你先睡覺，我們明天再看。

光頭面露沮喪坐回床上。我逕自往大尾床邊走過去，才剛進入房內躺在床上，大尾已經張大嘴巴發出鼾聲沉沉入睡。一隻蟑螂沿著牆壁爬來爬去，聽見腳步聲靜止不動。外面夜色籠罩在黑幕裡，然而房間裡的溫度依舊使人感覺悶熱。室內僅有的兩扇窗戶，被鐵鍊從外面緊緊反鎖，鑲嵌在牆壁上的四盞老舊電扇兀自轉動，每經過中心點位置，便會發出嘎嘎聲響。電扇上的風速設定為強風，然而空氣裡悶熱的氣息在室內不停旋繞，使得身體皮膚異常難受，尤其是下體腫脹濕濡讓我迫不及待離開病房。

巡視完病房後，打開寢室門立即淹沒黑暗中。我熟練打開入口牆上電燈開關，經過十幾秒，天花板上的兩盞白色燈管微微顫動了幾次，才全部螢亮起來。

這間寢室原本是一間病房，床舖擺放的位置與其他病房一樣。沿著斑駁牆面，兩旁各放置三張單人床，從門這一側延伸到窗戶邊，我的床位臨近窗台。除了我的床上擺放棉被、枕頭等寢具之外，其餘五張床空盪盪地，只剩厚厚灰塵覆蓋在深藍陳舊床墊上。

拉開床旁矮櫃抽屜，堆積如山的各種顏色藥丸霎時映入眼簾。大部分是藍色。取出上衣口袋的兩顆藥丸丟進去，新的藍色藥丸迅速淹沒在舊藥丸裡。

我清楚地領悟到，不管什麼顏色的藥丸都是給有病的人吃的。

光是這麼想，便讓人產生疲憊感。

穿著白色護士服直接躺在床上，不一會，便沉沉進入夢裡。

熟睡中，微溫濕黏液體像海浪般不斷沖刷過身體。從惡夢中驚醒，瞬間映入眼簾的是一大片紅色血漬，在雙腿之間濡染到白色衣裙上。順著大腿摸血跡，然後聞了聞手上味道。空氣裡腐壞的氣味掩蓋掉手指頭上的腥味。床旁桌上幾天前吃剩的泡麵，棕黑色湯汁浮著一層乳白色物體。

我端起發臭泡麵，打開門走出房間，光頭站在幽暗走廊面對房門含糊不清快速說話。仔細一聽，是他擅長的法語。但他已經很久沒有使用這種語言了。

我拉住他制止，光頭生氣地甩開我。泡麵潑灑在地板上，散發出來的氣味像是病患身上怎麼也洗不掉的味道。我突然大聲斥責光頭，他旋即轉身跑開。

之後，光頭遇見任何人都說著一口流利卻含糊不清的法語。

他不停地說著，但沒有人在意他說了些什麼。他興奮地對沿著圍牆行走的女病人說。又對著蠟像般動也不動的人說。甚至對著坐在輪椅上，罹患耳聾的垂老病人說上一整日。唾液長長一串落在垂老病人濕漉漉褲子上，光頭邊說邊用手接住他的口水。老人突然用力閉氣，臉色一陣脹紅，不久屎尿從他褲檔處流出來，惡臭氣味飄逸四處，光頭仍舊坐在他旁邊不斷說話。

當我注意到光頭不斷說著法語時，已經兩個星期過去了。

在這期間，我每隔半小時跑進廁所，脫下內褲然後又穿上。頻繁進出廁所，無論在早餐、午餐或晚餐，即使陪伴病患做團體治療或任何活動，甚至在發放藥物，也會停下手中正在執行的工作直奔廁所，任由好不容易排好隊伍的病患，又散亂成一團。萱從廁所見到我時，糾結散亂的長髮剛好遮住我眼睛。我沒有看見萱正注視著我。白色衣褲上，一大片的污漬吸引萱的視線。那片泛黃暈開的污漬，約莫是一星期前，大尾故意將湯汁潑灑在我身上的痕跡。在我離開後，萱走進廁所檢查垃圾桶，除了散亂縐摺使用過的衛生紙外，還有一片片拆開的包裝袋，卻沒有看見沾血的衛生棉墊。

在團康室，光頭興奮地在每個人面前不停說著模糊不清的法語，有時候還會哼唱法文歌曲。他說法語時，有著難以形容的自在光芒，好像他天生就是說這類語言的人。他搶了別人手中麥克風，剛要開口唱，麥克風又被其他人搶走。他無所謂，扯開喉嚨繼續唱。有人受不了他，把他推開。他沒有生氣反而帶著一種難以言喻的快樂表情，繼續對下一個人。

我來到光頭身旁想試著跟他說話，但他又突然走到舞台上搶走別人手上的麥克風。這時，尖叫聲四起。大尾原本坐在角落，迅速衝上去搶走光頭手上的麥克風。兩人又扭打在一起。光頭被保安帶回病房後不肯躺到自己的床上。他在每張床旁，一會兒坐下、一會站起來，搖晃著每張床上躺著的其他病患。保安無法制止，隨即按下牆上的緊急呼叫鈴。許久不見的林醫師剛好在療養院裡，我跟在他後面迅速來到病房。林醫師診視情況後，表示要替光頭打上鎮靜劑。我離開後不久拿著藥物進來，光頭依舊在吵鬧，病患陸陸續續從床上坐起來注視光頭，就像看著電視螢幕般，麻木臉上沒有任何表情。保安將光頭制伏在床上，林醫師接過我手中鎮靜劑，將它注射在光頭手臂上。一個病人突然笑了出來，接著其他病人也跟著笑了出來。病房裡一片狂笑聲，大尾突然用力踢床並且大罵了一聲，幹。笑聲瞬間停止。過了一會，又有人噗哧笑出聲。漸漸地，光頭癱軟在床上，我將薄被蓋在他身上，關掉電燈留下牆上夜燈之後離開。

光頭醒過來時，其他病患已經在餐廳吃早餐。陽光照不到的餐廳，穿著藍色服裝的病患，各自坐在自己位置上。無精打采的神情，鬆垮的肩膀，在過於寬大的病服襯托下，從遠處望去每個人都長得一樣。只有穿著白色護士服的萱和所有人不一樣。她的衣服嶄新潔白，由於這是她的第一件護士服，因此刻意保持清淨潔白。光頭睡眼矇矓來到餐廳隨意坐在一張椅子上，萱想將他帶到固定位置上，但他不願意離開。坐在他旁邊的一位女病患低頭對著眼前的食物漫罵。聲音忽大忽小，讓光頭也不甘示弱回罵。餐廳裡大部分病患都沒有理會這一切。有人正用手將飯扒進嘴巴裡，筷子掉在地上，白色飯粒也掉在桌上、地上和他自己身上。有人將飯倒進口袋，弄得全身濕透油膩。大尾餐盤上的飯菜吃了約莫一半，他起身剛要走到光頭身旁，保安見狀用短棍敲了敲他的桌子，他回到自己的位置，低下頭繼續吃剩下的食物。坐在輪椅上的垂老病人，正在用力解便，臭味飄散在餐廳裡，大部分的人都繼續吃著眼前食物。

聞到氣味的大尾抬眼瞪了垂老病人一眼，接著說了一聲，幹，然後繼續低頭吃飯。

萱想要把垂老病人帶進廁所沖洗，但他的雙手緊緊抓住輪椅手把，怎麼樣也不肯起來。在他用力反抗同時，污黃糞便沾到萱的白色護士服，一陣惡臭從她身上飄送出來。萱下意識用手拍掉衣服上的糞便，不料糞便卻像雲彩般佔領純白護士服。

萱幾乎要哭了出來。

今天怎麼沒有看到妳學姐？保安看萱似乎無法獨自勝任這份工作，便開口詢問。

萱搖搖頭說，不知道，我去敲寢室的門，但她好像不在那裡。

她應該在寢室裡。保安說完就走開了。

病患吃完早餐要到一樓空地散步活動時，外面卻下起雨來。萱已經脫掉白色護士服，換上藍色衣褲，領著病患在整棟建築物裡來回走動。除了保安身上特殊制服外，其他一致性的藍色服裝，令人分不出男女老少，全部穿插在一起，低頭默默行走。

穿過護理站旁沿著階梯拾級而上，樓梯間一扇緊鎖的窗戶，玻璃被長年堆積的灰塵沾滿。大尾每次經過，總要佇足停留。他擦拭玻璃上灰塵，卻擦不掉沾黏在玻璃另一面的灰塵，只能貼緊窗戶看著模糊不清的外面世界。有些人跟著停下腳步湧上來，數張臉孔全貼在玻璃上。樓道瞬間被擁擠的人群佔據，後面的人仍舊低頭繼續往前走，有人的鞋子被踩了，一群人絆倒在一起。

隊伍又亂成一團。

萱想要擠進人群排解糾紛，卻被人推開。不久，窄狹的樓梯間有人同時要踩同一級台階，又碰撞在一起。一個病患亂了腳步踩空台階，從樓梯上跌落下來撞到後面正要往上走的其他人。

隊伍再次亂哄哄散開。

此時，我正躺在床上，聽著房門外鞋子踩踏地板，發出凌亂毫無節奏的腳步聲，一遍又一遍來回傳動。腳步聲持續穿梭在整棟療養院，引起共鳴撞擊空曠牆面，在緊閉的室內迴盪。我不由自主抬高雙腳在半空中，像走在地面般不停地滑動。

過了一段時間，迴盪在房子裡的聲音集體消失，我繼續維持同樣姿勢，直到有人敲響房門。門外萱喊了我的名字，要我到樓下接聽電話。我沒有理會，繼續躺在床上，直到我感覺到高高舉在半空中的雙腿痠軟發麻，才離開床。

來到護理站，萱立刻說，學姐，原來妳在啊！

我拿起話筒，很長一段時間沒有開口說話，一隻手不停地扭轉電話線。

我以為妳不在，所以把電話掛斷了，萱疑惑地大聲說。

她想要繼續說些什麼，但我將食指放在嘴唇上，輕輕地噓了一聲。萱安靜了下來。

回到寢室，我在房內走來走去無法鎮靜下來。

剛才話筒裡的熟悉聲音傳進我耳朵。我聽得很清楚。

已經很久沒有聽見人的聲音，在我耳邊說話了。

每天都有嘈雜聲響著。

我摀住耳朵。

躺回床上，轉身看向窗外，外面正下著滂沱大雨。房間裡一股悶熱氣息包圍住我。我繼續摀住耳朵，不讓燥熱空氣鑽進耳洞，並不斷用嘴巴吐氣，想要把熱氣全都圍堵在外。也許悶熱氣息會鑽進鼻孔。我放下摀住耳朵的雙手改捏住鼻子。悶熱氣息又鑽進耳朵裡。聲音也跟著鑽了進去。我喘不過氣，鬆開雙手用力吸聞滯悶空氣。我繼續看向窗外，雨還沒有停。白花花一片。有好長一段時間未曾看過圍牆外面的景致，連現在的女生流行什麼樣的穿著，喜歡何種類型飾物，也不是那麼確定了。

偶爾，萱穿著鮮豔的連身洋裝來到療養院，很漂亮，卻又覺得沒有必要問是哪裡買的。不管萱穿什麼樣式的衣服來到療養院，終究要換上白色護士服。我唯一的一件衣服掛在衣櫃裡，大概已經泛黃了。側了側身體，試著繼續入睡，然而，從樓下傳來的病患嘈雜聲，讓我無法睡著。我起身打開床旁矮櫃抽屜，從散亂堆積的藥丸中，取出兩顆藍色藥丸放進嘴巴。連水也沒有喝，又躺回床上。雨滴繼續滴滴答答打在屋簷上，隨著雨滴聲，我的嘴巴也一開一闔、一開一闔，不久便沉沉入睡。

夜色降臨時，萱還沒有離開療養院。這是她第一次在夜晚仍待在療養院裡。她環視周遭氛圍，與白天比較起來陰森恐怖許多。房子的四面牆壁、柱子，連平時接觸熟悉的護理站也顯得蒼白鬼魅。她感覺全身毛骨悚然，敲響我的房門，但沒有人回應，萱只好默默離開。

團康室除了病患之外，保安站在角落面無表情，萱裝作若無其事站到保安旁邊，藉以降低心中恐懼。

一位病患蹲在他們旁邊，很長一段時間沒有變換過姿勢。彎曲的身體，蹲在窗台邊上，臉朝向外面，眼神直視前方。窗戶外頭黑壓壓一片。他像蠟像般，任由時間一分一秒過去。一隻蒼蠅停在他憔悴孱弱的臉上，不久後又飛走。蒼蠅在其他人的頭頂上方繼續盤旋，最後又停留在他臉上。他毫無知覺般，任由那隻黑頭蒼蠅裝飾他的臉。

萱在一旁觀看許久，擔心他久未變換的彎曲姿勢會造成肢體上血流循環不良，試著拉他站起來。一開始，他仍然維持相同姿勢，任憑萱怎麼施力移動都無法改變。無計可施，萱只好把佇立在一旁無所事事的保安喚過來。保安一隻手剛搭在他身上，他像是裝了電池的玩具立即站了起來，往另外一個方向走，然後又一動也不動蹲在那裡。

大尾與幾名病患也蹲在角落，一根菸折成幾段輪流抽著。在他們腳邊散佈已經被踩扁的菸蒂。光頭來到他們旁邊，撿起地上的菸屁股放進嘴巴，深吸一口。乾癟的菸吐不出一絲煙。大尾迅速搶走他手中菸屁股，兩人又扭打在一起。他們用不同的語言相互罵著對方，漫罵聲掩蓋過麥克風聲音，舞台上的病人伴隨喧囂嘈雜聲，更加用力敞開喉嚨大聲嘶吼。

萱忙得不可開交時，我正在酣睡中，醒來已經半夜，腦袋昏沉疼痛。黑暗裡，只有一點光線透進屋內。雨聲已經停止。膀胱像是裝進了整個海洋的海水，沉重飽滿，我匆匆下床跑到廁所。一個黑影癱坐在廁所旁的黑暗甬道裡。走近，光頭蜷縮在地上，用頭撞擊地面。他不停地撞，像是對什麼人點頭般叩頭。一滴滴血液從他額頭流過臉龐，還未到達頸項間便已經乾涸。黑暗裡，我看不見血液流動的模樣。拉住光頭，感覺冰冷濕黏，才驚覺光頭的臉上一定沾滿了許多血。但無論怎麼制止，光頭仍然不斷叩頭。我把手放在地上，任憑光頭撞向它。當萱與保安將光頭帶走後，我還待在原來地方摸著地板上血跡，又摸了摸沾在手上的紅色血液，聞了聞氣味，是新鮮的。不久，我離開廁所回到護理站。護理站裡沒有任何人。我來到病房，朦朧中，有人跪在床上對天膜拜。我沒打斷他認真祈禱的儀式，望向光頭床位，空盪盪的床上只有棉被散成一團。團康室、職能治療室都沒有蹤影。最後，我來到電療室。久未敞開的電療室裡，光頭癱軟模樣平躺在單人床上，四肢被束縛帶綁住繫在欄杆上。除了被血覆蓋的部位，蒼白的日光燈把他的臉照射得更加死白。

又一陣子不見的林醫師出現在電療室，他正要幫光頭執行電氣痙攣治療。我提醒他，沒有家屬同意書。

林醫師沒有理會我，獨自進行手中工作。萱在一旁手忙腳亂協助。我走到電療器設備旁熟練接上電源。戴上手套，將手伸進光頭口中檢查牙齒，確定都是固定不動，在他的上下齒之間放置一根包了厚棉紗布的壓舌棒。小枕頭放在光頭頸部底下，讓他的頭稍微往後仰，並保持脖頸呈一直線。

這時，林醫師擦拭光頭兩側額頭，貼上導電片。不久，電流通過光頭身體，使他全身痙攣，臉部呈現痛苦扭曲變形，四肢也不由自主揮動。

約莫一分鐘過去，痙攣現象停止。光頭的身體也從僵直扭曲，癱軟成像是剛去世的屍體。

我慢慢收拾電療器等物品，發現林醫師與保安都離開了，但初次見到這個畫面的萱，面色慘白驚嚇得說不出話來。

怎麼了？我問。

沒事。萱強作鎮靜搖搖頭。

我讓萱先行離開，獨自留下來看顧光頭。光頭還未醒過來。我默默看著他年輕臉龐，和剛進來時蓬頭垢面模樣比較起來，如今看起來清爽乾淨多了。我一一解開綁在光頭四肢的束縛帶，不久光頭醒了過來。他看了看我及屋內四周，然後說，我頭好痛。

在病房安置好光頭，我返回寢室躺在床上輾轉難眠。我又從抽屜裡拿出兩顆藍色藥丸吞進嘴巴。黑暗中，我光著腳在房間裡來回踱步。當腳底碰觸到地面時，一陣強烈的清涼之感從腳尖往上衝襲到大腦。

藥物沒有發揮作用，躺在床上，直到清晨窗外天色亮白。剛闔上眼，眼前突然閃過母親哭泣的畫面。同樣的畫面。我睜開眼看向天花板，母親的影像倏地消失，哭聲也跟著消失。

光頭電氣痙攣治療的事，第二天在整個療養院患者口中傳了開來。

睡在光頭隔壁床的病人，聽見深夜我對光頭說的話。一大早，他便對光頭說，你身上有電，會電死人。

光頭對於昨夜做電氣痙攣治療的事，一點印象也沒有。他只是感覺頭疼。

你頭痛是因為你在放電。那位病人乘機威嚇地說。

病房內一陣哄堂大笑。

接著他又轉頭面對大家，揚起聲調，你們小心，誰靠近他，誰就會被電死、會被電死……

在職能治療室，那位病患仍緊緊追在光頭旁不停說著。我走到他身旁，在他耳邊輕聲說，你如果再繼續說下去，等一下就換我電你，電死你。

我不怕，我身體裡的電還會有聲音喔。那位病患嬉皮笑臉回答。

光頭默不作聲，表情痛苦不斷地按壓頭部。我在病患身旁來來回回走動。在他們各自桌前，堆疊著五顏六色的紙張，每一張紙都將被摺成一朵花的形狀。有些人的面前已經有好幾朵紙花擺放桌上，有些人卻動也不動坐在那，任憑紙張隨著電風扇四處吹散。

萱耐心教導其中一位病患摺花朵的方式，不久便放棄了。突然，萱想起什麼似的說，學姐，妳月經還沒停嗎？

我搖搖頭。

萱輕輕喔了一聲，沒有再繼續追問下去，帶著疑惑偷偷來到廁所翻看垃圾桶，連平時不會進去的男用廁所也溜進去。數個衛生棉包裝袋淹沒在濕黃衛生紙團裡，但找不到沾血的衛生棉墊。

鈴聲很少響起的電話突然響了起來。我接起電話，聽見熟悉聲音從遠方傳過來。我沉默不語，然後掛上電話。連續很長一段時間，我精力充沛清潔桌子，陳年污垢用力來回擦拭，桌面色澤變得光亮，歲月痕跡依稀可見。骯髒破舊無人使用的杯子也將它用力洗滌乾淨。桌角下堆疊的物品一一拿出來，拍了拍灰塵又整齊擺放回去。把每本病歷夾裡的資料取出來，重新排列後又一本一本擺回架上，排列角度方式都一樣。

從廁所回來的萱靜靜看著我，直到再次大聲喊我名字，我才停下動作。

腦海裡擠滿母親哭泣的畫面。

一百隻掉眼淚的眼睛重複堆疊。

層疊在一起的嘴巴裝滿血液張開著。

快要把我吃掉了。

我要逃走，不馬上逃走的話就來不及了。

我拔腿往前跑。萱被我的舉動嚇住，跟在後面。我快速跑回寢室，躲進無人的房間。萱跟了進去，被迎面而來的嗆鼻氣味震撼。隨著敞開的門一湧而出的味道，讓她憋住呼吸，趕緊走到窗邊打開窗戶讓室內空氣流通。但窗戶被緊緊鎖住了。

學姐，妳有鑰匙嗎？萱問。

我坐在床上兩眼直視前方，沒有回答。

萱試著推動窗戶卻怎麼樣也推不開。

房間裡是不是有什麼東西壞掉了？萱環視凌亂屋內，走到我身邊問。

萱見我沒有回答，循著氣味來源慢慢走到衣櫥前，一股難聞腥臭氣味從裡面飄散出來。她小心翼翼偷偷打開衣櫥，一件泛黃的學生制服掛在裡面。萱心裡緊縮了一下，視線往下移，紅色衛生棉團像一座墳墓般堆砌在角落。從底部往上，一層一層整齊排放，底部是血液完全乾燥的衛生棉，越往上層，白色棉布裡的血液就越濕潤。它們像是躲在衣櫥裡偷偷活過來的花朵，上層是新生的，下層是養分。萱背脊一陣雞皮疙瘩，轉身凝視動也不動的我，就像眼前的我，什麼話也說不出來。

單向街迴轉

我坐在二樓外陽台角落，雙腿交疊。頭頂上方一台小型攝影機正對著昏黃微暗屋內。我特地選的位置，是監視器唯一拍攝不到的地方。手機那頭聲音斷斷續續無止境。重新調整耳廓上拇指形狀大小的無線藍芽麥克風後，我又刻意放緩聲調，用柔軟又有點撒嬌口吻回應電話那一端的人。

從未見過的男人。具體形象透過聲音拼貼，大部分在我還沒勾畫出輪廓時，隨著興奮呻吟聲崩解，偶爾也會有完整的形影出現。但很少，最近都沒有。

遠方天空透著兩道絲狀般清澈明亮色彩，在月亮附近瑩亮光芒。彎彎細細的上弦月。一陣風撫颳過我臉龐，夜晚的溫度又往下降了一些，黑灰雲層沿著夜空的軌道滑動，才一會時間，明亮細彎的月亮便被厚厚雲層披覆，漸漸失去光亮。黑厚的雲沒有阻隔聲音。

不要急嘛，再多說一點，我還想多瞭解你一點……說這句話同時，我想起了他。他離開房子時，樹上的蟬才剛開始鳴叫。蟬聲在枝頭在樹梢在牠爬行過程中鑽進我耳內，從那開始，我又一個人生活。

前幾次，一個人生活的日子，不算長，就是從他離開那天，到他回來那一天。也不算一個人獨自生活，期間任何時刻，只要我想，瑪麗亞都會從屋裡任何一扇門走出來。但我很少喊瑪麗亞做這做那，她也很少出現。

我們都在攝影機裡露臉，卻幾乎很少遇見。

不知道什麼時候開始，我漸漸習慣在無邊無際的黑夜裡，坐在黑釉精緻刻鏤花環的鐵椅上順著紋路撫摸，然後一次又一次對著無線藍芽麥克風說話。

那你躺好了嗎？我百無聊賴地翻轉桌面上的手機繼續說，我已經躺好了，現在，把你的上衣脫掉……不要這麼急，好不好……我喜歡慢一點。

一句一句緩慢有節奏的話語從嘴巴裡鑽出來，冰冷的腳則正在觸碰圓形柱狀桌腳。從桌面到支撐桌子的桌腳，都是純手工打造。我慢慢觸碰。昏暗光線中，他說過的話，突然在我另外一隻耳朵響起，瞬間笑出聲來。
妳在笑什麼？無線藍芽麥克風蹦出生氣語調，妳敬業一點。
對不起，我……我沒有在想什麼。我收起笑意。
好……我要開始舔了……
對！摸起來很舒服。
嗯，愈來愈大了……喜歡……
我記得，他離開前的那個晚上，我也向他說過同樣的話。
你覺得舒服嗎？
我的聲音聽起來，很生疏？怎麼可能？
我做有一陣子了……真的啊，那你有舒服嗎？
結束了？真的？
好啊……下次？……不是啦，好，那下次我再用那個方法試看看。
好，那今天……就這樣了。
拿掉耳朵上的無線藍芽麥克風之後，我繼續坐在椅子上。這個座位一直都是我坐的。他曾經坐在對面的椅子與我聊天，沒有很多次。屬於他的那張椅子，在幾盞還亮著的投射燈照耀下染上一層霧氣，就像夜晚失去了月亮的色澤。這張椅子已經舊了。我想著，改天瑪麗亞回來，讓她把這兩張椅子洗一洗，順便上點油讓它光滑明亮。但我忘了問瑪麗亞，什麼時候回來？

瑪麗亞身上背著幾個大大小小的旅行包走出家門那天，我同樣坐在這張椅子上，望著她漸漸遠去的背影。我想起她離去前，泛著淚光的臉驚訝地看著我，抿著嘴唇卻遲遲沒有開口。

沒關係，反正也沒什麼事要特別做的，我反問瑪麗亞，妳有事嗎？

沒事，只是……妳一個人……瑪麗亞支支吾吾說。

我沒事！

那是那一天我開口說過的一段話，也是那一天唯一需要處理的事。一件瑣事，就是一整天。

我抬起頭，月亮已經完全隱沒在雲層，整個花園露台的光亮也減少了許多。露台上，另一盞昏黃的小壁燈因此更亮了，但完全不會刺眼。一群飛蛾在僅有亮光下不停盤旋，翅膀快速拍動顯現黑色翦影，牠們振動了空氣卻無法攪動出任何旋律。

從花園露台遠眺過去，紅藍燈光旋轉閃爍，兩名警察從警車內走出來，往同一個方向走。不久就消失在我的視線範圍內。我感覺身體有些涼意，手臂也漸漸變冷，起身走進屋內。監視器不斷轉動，我又走進鏡頭拍攝範圍內，回過頭對它微笑。以後他會看見。

門鈴響起，我慢慢往一樓玄關處，風吹動颳起的聲音在屋內迴盪。我站在門前，手放在門把上遲遲沒有打開。透過偌大窗戶看出去，外面漆黑一片，只有兩盞門牆上壁燈投射在兩名警察身上，其中一名正仔細地往屋內瞧。我站在門後，偷偷往外看，他們彼此交談後不久便揚長而去。我決定讓燈繼續亮著，轉身剛要回到樓上，牆上留言板上的留言瞬間映入眼簾。白板染上薄薄一層灰，被留在上頭的話語也被灰塵覆蓋。黑色字跡已經褪色模糊了，有些字缺了角，看起來不像一個完整字體，也有幾個字消失了。但我記得這些消失的字，和我寫下這句話時的心情。

他沒有看見白色留言板上的留言。

那天晚上，我和以前一起工作的同事約去唱歌。凌晨兩點，我惦念著他應該已經回到家了，便從凱莉包內拿出手機，螢幕上沒有任何未接來電顯示。我離開嘈雜包廂走進比較安靜的廁所想要撥電話給他，但沒有收訊。手機在狹窄空間裡上下左右移動，還是沒有辦法收到訊號。我放棄了。回到座位，手上沒有麥克風的同事，還張著嘴一開一闔一開一闔未曾停過。他們正在談論最近醫院裡發生的事情。千篇一律的瑣碎事情，在不同人身上發生演變成不同化學反應。她們聊得口沫橫飛。坐在我旁邊穿著超短迷你裙的O，是在我離開醫院後才遞補進來的護士。見過幾次面，一次是在咖啡廳，其他都是在這間KTV包廂裡。

O一手摀住耳朵，一手摀住手機話筒及嘴巴。聽不見她說什麼，但從她眼睛眉毛向上綻開的模樣，看起來很甜蜜。

過一會O掛斷電話。

真煩人。O喃喃地說，隨即從設計簡單的購物袋裡拿出筆記本，臉露微笑認真寫著。看不清楚她寫了些什麼。幽暗彩色旋轉燈投射在她身上時，我乘機偷瞄O的手機，正要向她借，她卻先開口，學姐，這個凱莉包很貴吧！

我低下頭看了一眼我身邊的黑色包。

我要講多少次電話，才會有這筆錢？O嘆了一口氣，刻意壓低的聲音幾乎被音樂聲淹沒。

妳的電話怎麼會有訊號？我一心只想著跟她借手機，沒有認真聽她說話。

橫躺在O裸露大腿上的手機藍色燈光一閃一閃亮著。

她拿起手機看了看，然後說，收不太到訊號。

但是妳剛剛說個不停。

我知道，但是時間就是金錢，O玩弄著手機說，偶爾斷訊才能重新開始。

我聽不懂O話中含義，此刻也不想弄明白。妳的電話可以借我嗎？

只見她迅速從隨身小提袋內拿出另外三支手機看了看。

這三支也沒有訊號。但她要了我的電話號碼，嘗試用其中一支手機撥打。馬上轉入語音信箱。

都打打看吧！O把手機全部拿給我。

我抱起一堆手機又進入廁所，一支又一支對著馬桶衛生紙垃圾桶，對著四周牆壁，都無法順利撥通。

回到座位，無奈地把手機全部還給O。我想要提前離開，前奏卻響了起來，曾經與我同期進醫院工作的薰把我拉住，並對我使了個眼色，然後拿起麥克風自顧自地唱了起來。原本在聊天的其他同事，突然停了下來同時看向螢幕。每個人都隨著螢幕敞開喉嚨大聲嘶吼。包廂被快節奏高昂的流行音樂包圍。

我不停地盯著手機上的時間，過了很久數字都沒有變換。

妳一定覺得很奇怪，我幹嘛帶那麼多支手機，對不對？O突然說出的話語從嘈雜聲中突圍出來，帶著莫名寧靜，和我焦躁的心情迥然不同。

嗯，有一點。我說謊但卻點頭回應她。我一點也不想瞭解其他人心中想法，尤其是年輕女孩，那些小我五歲以上的人。

沒辦法，不能漏接電話。

男朋友？我問。

O停頓了一會說，學姐，我偷偷跟妳說，剛才那個不是我男朋友，是客人。

病人？我懷疑地再問一次。

不是病人，是客人。她加強語氣說，我好想要快一點賺到很多錢。

嗯，我點頭。兩人落入沉默。

我急著想要馬上離開，卻只是帶著焦躁心情靜靜坐在那裡。薰神情專注盯著電視螢幕，聲音持續透過麥克風不斷傳進我的耳內。我不想打斷她。很長一段時間沒有人開口說話。

妳是第一個沒有問我為什麼的人？O隨著我的視線看了薰一眼說。

為什麼？我在心裡問為什麼要問為什麼。只有兒童、好奇的人和無聊的人才會問這類問題。我不屬於這些類型。大部分時候我不想跟任何人說話。

跟不同的人說話以後才發現，這個世界好有趣。O說，和每天面對的病人完全不同。

O的聲音夾雜在音樂裡流入我耳裡。

她停頓一會突然認真看著我說，學姐，如果有一天，妳也想要聽聽別人的聲音，我可以介紹給妳。

話才剛說完，O已經把我的名字輸入到手機裡。

和她們分開後回到家，牆上黑森林時鐘裡的小鳥，正好探頭鳴叫。三點半。室內黑壓壓一片，我點亮高掛客廳的吊燈，水晶燈光隨即灑滿全身，連皮製黑色沙發、超大電視螢幕，以及昂貴環繞音響也閃閃發亮。玄關留言板上的字還停留在我離開前的色澤上。

我坐在沙發上，在他很少使用的空間裡繼續等待。剛才喧囂熱絡的聲音被寂靜取代。大部分時間，這些東西都很安靜。映在電視螢幕上的烏黑影子也很安靜，影子沒有移動，像光碟片跳針的畫面定格靜止。那是我的影子。我凝視它，像看著其他模糊身影。

黑森林時鐘裡的小鳥在跳舞，每轉動一圈就唱一次。十二次。小鳥每唱一句，我就在心底算數，十二次，我很仔細地算著。

在他還在這間屋子時，黑森林時鐘還放在臥室裡，深夜躺在床上小鳥報時的聲音不斷地傳進耳朵裡。我睡不著，每個小時都在等小鳥唱歌，一直到窗外泛出魚肚白的天色，最後捱不住了，才昏沉沉入睡。那段時間，我一直被深夜中的小鳥叫聲困擾。有一天我鼓起勇氣問，可以買個新的時鐘嗎？

他說了一些關於前任女友以及紀念價值的話語。實際說了些什麼，我刻意去忽略。我記得，我沒有提起「丟掉」這字眼。我只是想要安靜一點的時鐘。現在，小鳥的歌聲迴旋在客廳裡，我覺得很安靜，連玄關處來來回回轉動的攝影機也從未發出聲音。我起身走向前，抿動嘴唇並且大聲地說，我愛你！臉部肌肉在過度誇張運動下，緊繃的臉產生些微疼痛。這表情是今天一整天唯一的表情。我不斷地對著轉動中的攝影機搔首弄姿。有時近有時遠，一百八十度跟著旋轉，重複放送的我愛你也跟著轉動。但他聽不見，他不會聽見，攝影機不負責聲音記錄。

屋內的氣溫逐漸下降，不會太冷，只是和剛才不一樣。溫度正在變化，這不難察覺。一個人待在一個地方久了，周圍氣流如何流動，空氣稀薄或濕潤，甚至一點點味道的改變，都逃不過變得敏銳的神經感觸。我循著扶手欄杆走上二樓，樓梯口天花板牆角處，另外一支監視錄影器毫無恐懼地對著我眼睛。

我毫不吝嗇瞬間又露出微笑。

正確來說，屋內總共安裝六台監視錄影機，每個鏡頭都面向屋內各處角落，整日不停地記錄著。

為什麼監視器不是面向外面？工人正在安裝第一支監視器時，心裡產生的疑惑毫不考慮地說出來，獲得的回答也不盡滿意。

這個監視器只是用來嚇嚇小偷，他加強語調，重要的是妳，這樣我不在家才能安心。

剛開始，我試著假裝沒看見監視器，但被監視的心情卻整日在我心頭盤旋。

在超商百貨公司3C產品店經常可以見到監視器，每當經過時總會不自覺抬眼看一下，然後匆匆低下頭快速通過。離開後腦海中還不斷回想，剛才自己被拍攝到的畫面究竟是什麼模樣，心情竟莫名起了微妙變化。

什麼也沒發生，負責觀看錄影帶的人大概會這麼想。

漸漸地，我習慣與監視器生活在一起。就像現在所處的二十坪主臥室，與兩支監視器同時相處，我也不會感到不自在。對著房間中央特大床舖的監視器，安裝在入口處上方，另一支則在更衣室裡。無論哪個角落，監視器都會盡忠掃描，從未休息。有時，我會猜想六支監視器鏡頭下的我都是同一個我嗎？

但我確定有一種面貌的我，監視器從未記錄過。我在每支監視器下，擺放一張椅子，並坐在上頭與人說話。談話的對象經常是我所不認識的人。大部分是男人，偶爾也會有女人。和未曾謀面的人透過聲音彼此交談，有種使人全身放鬆的意外感受。緊張生澀不知該說什麼的窘困，在抬頭看著監視器左右來回擺動的過程中逐一褪去。

但直到現在，我都沒有見過錄影帶畫面。在螢幕上的我是什麼樣子？不禁也會猜想著。或許下次再經過有裝置監視器的地方時，我應該停下腳步正視看它一眼。像現在一樣。遠遠地對鏡頭微笑，倏地又趨近鏡頭振動聲帶誇張說著，我愛你我愛你我愛你，重複再重複，並且搭配不同表情。

不知道錄影帶裡的我，漂不漂亮？我站在浴室裡對著鏡子自言自語。捏了捏臉頰，又演練了幾個不同表情。

推開可左右移動的鏡子，從瓶瓶罐罐中取出植村秀潔顏油往下壓。淡金色透明液體立刻流到手心。另一隻手指頭勾起手心的金黃色液體，全部塗抹到臉上。油濕滑潤的潔顏油從額頭滑過眼窩，再從臉頰滑向下巴。幾個動作讓整個臉部肌膚，都泛起油油亮亮透明的光。

我變得不漂亮了嗎？兩側顴骨處，不知何時冒出幾顆深褐色斑點，用手指摳怎麼也摳不掉。被指甲摳過的皮膚泛紅一片，斑點顏色變得更加深層。

嗯，我應該要再變得漂亮一點，對不對？我端視鏡子再次說。

水和手心裡殘餘的卸妝油稍微混合後塗抹在臉上，兩者交融乳化變成一張白色的臉，暈染成白色的睫毛像雪地裡的雪花，雪花下一雙褐色圓錐形的眼瞳，襯在乳白色臉上在鏡子中閃爍。手機突然響起。顧不得滑濕的手臉，直奔到臥室從包裡取出手機。螢幕上顯示未曾見過的號碼。

啊，怎麼是你……？說話的同時，乳白色水漬沿著手臂流下來。

現在嗎？對不起，我現正不方便講電話，你可不可以晚一點再打來？

突然地，我又對著手機說，對了，聽我的聲音，你覺得，我漂亮嗎？

謝謝！我說。

掛上電話，我將乳白色液體，從下巴往內旋轉按壓到兩側臉頰，再從鼻梁上下來回推撫到嘴唇四周。一邊唸著我的下巴、我的臉、我的鼻子、我的嘴……一邊持續按摩撫摸又回到浴室。入口處深藍色絨毛踏墊，隱沒在四面藍寶石顏色磁磚裡。右手邊大理石製洗手台花豹般紋路，從檯面上延伸到兩側柱條。洗手台旁立著一座馬桶，一個紅外線感應式垃圾桶。

我將腹部靠在洗手台邊，傾斜彎下身體打開水龍頭。水聲嘩啦嘩啦。不知怎麼，我彷彿聽到手機又響了起來。關緊水龍頭，仔細聆聽卻沒有任何聲音。扭開水龍頭，水又嘩啦嘩啦流下沖刷過我的臉，從額頭到下巴再從髮際一直到脖頸。過大的水流流進鼻腔內，令閉氣中的我趕緊將臉移開對著浴室裡寶藍色的空氣乾咳幾聲。水珠沿著耳際往下流，滴落到乳溝。白色開襟絲綢襯衫，被水滴染印成深淺不一的色塊，在深色色塊區域浮透蕾絲胸罩黑色色澤。我抓起一條藍色毛巾，坐在馬桶上，擦拭臉頰。一滴一滴水珠被吸附在毛巾上，毛巾變得半濕半乾。我沒有便意也沒有尿意，卻繼續坐在馬桶座上。透明落地窗外的遠方，灑了密密麻麻水珠般的黃色燈火。有一盞紅色燈光在暈黃光河裡顯得很明亮。隱身在雲層裡的月亮，在遠方鼠灰色天空透著一抹淡淡光亮。

浴室裡設有監視器。為什麼要裝呢？那天，我強烈反對地對他說，好像被人偷窺。

不會，他回答。主機的錄影帶除了他以外沒有人會看見。

那麼，主機安裝在哪裡？我曾經在房子裡仔細尋找，但都未曾發現。直到他拆下浴室的監視攝影機，我也沒有再追問主機安裝在哪裡。

現在，牆角沒有監視器，我覺得有點空盪盪的，而且，有點冷，就像觸摸玻璃溫度。隱隱約約，我在黑色玻璃裡看見人影，只有這個人影在監視著我挪動屁股，脫下底褲，繼續靜靜坐在馬桶上。

馬桶右側有四個按鈕，每一個按鈕上有個圖形，圖形下方寫著日文。我壓下第一個按鈕，馬達開始轉動。馬達轉動時的聲音，就好像我坐在他車子內時，聽見車子行進中加速的聲音。

聲音持續響亮，一道水柱不斷流出噴沖著肛門。我彎腰，將整個胸部貼在大腿上。這時馬達停止，從馬桶內噴灑出來的水流也停止了，留下兩瓣溫潤滑濕的屁股。我抽出一張衛生紙，抓在手心窩。馬達又開始響起。這時，我又壓下第二個按鈕，一道水流直往會陰部沖刷。溫熱的水不斷流沖會陰部時，好像他的手指，就藏在馬桶裡。撫摸。我不能傾起身子，往裡頭偷看。只要一眼，他的手指就會消失。我又挪動屁股。水流隨著我的移動往不同地方沖刷。馬達又停止了，水柱也跟著停止。抓握在手心的衛生紙，因為手汗而濕漉漉的。我再抽出一張衛生紙，這時，馬達從寧靜的浴室內重新轟隆隆響起。轟隆聲響了很久，我的一隻手懸在半空中，側臉看一看馬桶座旁的四個按鈕後，又壓下第三個按鍵，讓所有的聲音在一秒鐘裡瞬間消失。

浴室才剛學會安靜，電話鈴聲又響起。掛在藍寶石顏色牆面上的室內電話，正閃爍紅色燈光。我匆忙起身半彎曲膝蓋，牽動著勾在腳踝上的黑色蕾絲邊底褲。屁股剛離開馬桶坐墊的瞬間，一道水流像公園裡的景觀噴泉，從馬桶內噴出來，弄濕了裙襬，滴落在腳踝上，生出一大片溫溫也涼涼的水液。

走到室內電話前，剛才閃亮紅色光圈的螢幕方框變成一片灰黑。電話鈴聲響了兩次就停止。我沒有接到。

會不會是他打回來的？

我想起今天中午，也有一通電話響起。那時我已經完全清醒了，沒有頭疼，胸口也沒有近來持續昏沉沉的窒息感，一點點愉快地，坐在鏡子前面化妝。聽到電話鈴響時，我的手輕微地顫抖，使得手上拿著的睫毛膏，從眼睫毛上滑開劃過眼睛。一道像鬚般的黑色斑塊，黏在我下眼瞼。我錯過了那通電話。

那通電話是不是也只有響起兩聲？我記不起來，但是就像剛才一樣，當我走到電話旁時，鈴聲就停止了。是他打回來的嗎？我站在電話機前面發獃。過一會，拖著底褲，一拐一拐走回臥房，從凱莉包裡拿出手機，手機上沒有任何來電顯示，就連商家促銷活動的訊息也沒有。看著手機，先前從無線藍芽麥克風裡傳來的男人聲音飄浮在耳際。這時我又想起很久以前在KTV包廂時，O說的話。

學姐，下次我介紹幾個聲音給妳。

不用了。

可是我聽其他學姐說，妳一個人……

低沉卻富有磁性的男人嗓音，以及略微用力的呼吸聲，不斷地逗弄著我的耳朵深處。現在，一切聽來都是癢癢的。那個男人剛剛說了什麼？我拉起底褲時看見褲底沾染透明的液體。我躺在床上操弄手機，貼在高級羽絨枕上的耳朵，除了按鍵不時發出的聲音以外，只有脈搏的跳動在耳邊響起。手機電話欄裡第一個顯示出來的名字是他的。我想不起來，到底有多久的時間不曾聽見他的聲音。手機藍色燈光暗了又亮，亮了又暗。好幾次之後，我按下通話鍵。像白天一樣，手機直接進入語音信箱。也像白天一樣，我在還沒有聽完制式語音系統後，就掛斷了電話。

這樣也好吧……我這麼想，翻過身，看著監視錄影機，突然說出話來，啊……他怎麼還沒打電話過來？

牆上的時鐘還不到三點。我專注看著鐘，時間怎麼一直停在這裡？從他離開家那天之後，時鐘的秒針分針時針好像就一直靜止在那裡。閉上眼睛，秒針在眼皮裡行走。我算數著一秒、二秒、三秒、四秒……。電話上的紅燈從眼皮裡亮起來，我張開眼睛。電話沒有發出鈴聲。沒有聲音，房間裡沒有聲音，就連時鐘也沒有發出聲音。我拿起手機，察看電池，電池是飽滿的。一格也沒有少。中午起床時手機已經充好電了，傍晚躺在床上休息時，又再補充了一次。電池一直都是飽滿的。我躺在床上，一會翻向左邊，過一會又面向右邊。堆在角落的衣服從更衣室蔓延到臥室門口，床的一半被另外一堆衣物覆蓋，他的枕頭深陷在雜物中。我看了看身上的衣服，我今天洗過澡了嗎？離開床，打開梳妝台上一瓶玻璃罐，從裡面倒出一顆藍色藥丸和水一起吞服。褪去身上衣物走進浴室。再一次經過監視攝影機前頭時，我又揚起微笑，對著鏡頭抿動嘴唇，我真的很愛你。

這一次，我還是沒有發出聲音。

一座象牙白顏色的浴缸，擺放在浴室正中央。浴缸裡頭沒有水。我走進附有SPA的淋浴間，打開蓮蓬頭開關重新設定水流強度。溫潤的水打濕身體，我將他專用的沐浴乳倒出來，卻發現已經乾涸流不出任何液體。我把瓶子放回置物架，繼續讓水沖刷身體。

洗完澡後重新躺回床上，隨手拿起遙控器將房間內的燈光調得更加昏暗。鑲嵌在牆面內的燈光，從一塊圓形藍色板子裡投射到天花板，再從天花板亮透出來。微亮燈光流瀉在白色牆面，散發暖和溫度。我趴在床上，整個身體及紅粉色乳頭都陷落在軟綿綿床鋪裡。我玩弄著雙手指頭，算數他離開到現在，一共經過哪一些月份。我又想起先前那通洗臉時打進來的電話。過了一會，我拿起電話，撥給正在醫院裡的薰。除了他以外，薰是唯一我會撥電話的人。電話那頭夾雜著人聲與紛亂的醫療器械運作聲。熟悉的聲音。我一邊聽著，一邊想著陌生男子的聲音。

要不要出去走走？薰問。

我沒有回答。

反正，不管什麼時候妳想要出去的話，就打電話給我。

兩人又停頓一會，薰突然說，我聽O說，她把妳的電話給那些男人了。

什麼男的？我假裝驚訝。

如果妳有接到陌生男人的電話，不要理他，把它掛斷就好了，薰說，O也是不得已的，但是妳並不需要那些錢，不要跟著攪和了。

妳幫我跟O說，我有好幾個凱莉包，如果她喜歡，可以送她一個。

O不是要買凱莉包，薰沉默一會說，她要幫她媽媽買標靶治療的藥。

電話那一端的遠方，傳來模糊又急促的呼救叫喊。

我不跟妳說了，我先去幫忙做CPR，薰急忙地說，記得，想要出來的話隨時給我電話。

電話那一端又傳來刺耳機器聲時，薰就把電話掛斷了。

掛上話筒，我繼續躺在床上翻來覆去，想著薰說，妳已經很久沒有出門了。

出門的定義是什麼？雙腿很久沒有踏出家門，還是心裡很久沒有跨出去。

我又打開玻璃瓶取出兩顆藥丸，仰頭和水一起吞進喉嚨。梳妝台有一堆刊物和書籍，我拿起最新的時尚雜誌。常在電視廣告中出現的模特兒，是這一期雜誌的封面。雜誌前面約莫二十幾頁介紹冬季的新產品。化妝品、手錶、皮包，以及衣服。我對這些商品很熟悉，也知道哪一個品牌的東西比較好用。一頁一頁漂亮的模特兒身上穿戴名牌、露出姣好身材。我將雜誌拿近眼前，模特兒精緻的臉孔沒有笑容，我摸摸自己的臉頰，將雜誌翻過身，讓監視器也看一看美麗的模特兒。我繼續翻閱雜誌，漸漸地，眼皮變得愈來愈沉重。

雜誌上曲線窈窕的美麗模特兒消失的前一秒，我還惦念著，不知道，今天晚上，還會不會有人打電話進來。

沒多久，雜誌從我身上滑開掉落地面，模特兒的臉孔被壓在書頁與木質地板之間。

夢中我聽見叫喊聲，像是被巨大物體撞到後的聲音穿透腦門。我被嚇得驚醒過來，門鈴聲與大門被敲擊的聲音不停響著。外面的天色透出微亮的光，我猜想現在是清晨。已經很久沒有在這個時候醒過來了。我緩慢步下樓梯，與監視器鏡頭相遇也忘了微笑。我佇立在門前，手放在門把上，卻遲遲沒有將它打開。門外急促敲門的聲音愈來愈緊促密集，在安靜的屋內安靜的清晨重重響起。一名警察趴在窗前往屋內環視。他見不到門後的我正在注視著他。

這道門我已經很久沒有打開過了。

門把向左轉還是向右轉？轉幾圈門才會打開？

我思索著，慢慢轉動門把。聲音突然消逝，只剩下我心跳聲咚咚咚響起。門剛打開，穿著制服的兩名警察倏地佇立眼前，我深吸一口氣，眼睛不敢直視他們。

站在玄關處，監視器在我們頭頂上方。

昨天晚上，這附近發生搶案，我們想跟妳借監視器錄影帶，其中一名警察說。

剛才趴在窗前的警察突然抬頭看著監視器說，監視器是不是裝反了？

一直都這樣，我說。

主機在哪裡？另一名警察從玄關走進屋內看著樓梯口的監視器，他示意剛才趴在窗前的警察看向樓梯方向。

不知道，我搖搖頭對著攝影機緊張地露出笑容。

兩名警察疑惑地看了我一眼後，又重新環視屋內。其中一名警察站在玄關入口處椅子上，拉長脖子檢視攝影機，突然重心不穩從椅子上跌落下來，白色留言板上的字句被他的衣服摩擦消失了。我還來不及喊出聲音，電話響了起來。我留下兩名警察獨自跑到樓上接聽電話。是另外一個我從未聽見過的聲音。拿著話筒，我迅速奔跑到樓下示意警察離開。

回到臥房繼續與電話那頭的陌生男子說話。這是第一次，我躺在床上掀起棉被躲在裡面。監視器拍攝不到我的臉，我的表情。一邊說話，我一邊想著他看著錄影帶畫面的神情。

幾天後，一名工人模樣男子隨著那兩名警察來到家門前。我記起那工人臉龐，在他安裝第一支監視器時，我們眼神相遇過。工人不急不緩地坐在沙發上拿起桌上遙控器。約莫二十個旋鈕佈滿上頭，全都不同顏色，沒有任何功能註解，仔細看，每一顆旋鈕的大小也不同。他拍了拍遙控器上面積堆的灰塵，迎向電視機轉動其中一個旋鈕，呻吟聲音立刻從監視器、豪華的音響設備裡傳出來。整個屋裡，我的聲音夾雜在男子低吟呼吸聲中，清晰明亮地在四周響起。工人突然笑出聲，見兩名警察神情曖昧地看著我，立即收聲。所有聲音清晰迴盪，我紅著臉低下頭，但沒有人按下停止鍵。

畫面在哪裡？黑壓壓電視螢幕反映出兩名警察站在那裡的模糊樣貌。

沒有畫面，工人攤開手說，這是專門錄聲音的監視器。

我的心突然怦怦怦急速跳動。兩名警察像發現新鮮事物般，與工人聊起監視器功能。說話聲音此起彼落，已經分不清是從哪裡發出來的。這時手機突然響起，我猶疑著是否該接聽電話。電話鈴聲透過監視器在屋內持續嘹喨響著，打斷他們談話。兩名警察與工人期待著什麼似的，用眼神追逐著我，直到鈴聲停止，他們才帶著失望表情離開。

不久，電話又響了起來，我接起電話並把門重重地關上，然後走進監視器掃描範圍內不停地擺首弄姿，對著它說我愛你。像往常一樣沒有發出任何聲音。電話那頭陌生男人的熟悉聲音，繼續再繼續。聲音響亮在室內圈繞。我斷斷續續回應迴盪在客廳裡的聲音，然後坐在沙發上拿起桌上的遙控器，慢慢刪掉過去的聲音。

我不知道的邊界

醫院外頭計程車黃亮亮色澤，在低頭經過的人的臉孔襯托下顯得精神抖擻。一輛車門打開，走出一個人。又一輛車門打開，走出一老一少。難得有陽光的冬日午後，他們卻都穿得黑壓壓一片，像他們剛彎腰低頭走出車內的瞬間臉龐。

我站在走廊盡頭看向窗外，試著調整思緒。不久前，我來到門禁森嚴的兒科加護病房探視女兒，看著躺在窄小床上的單薄身影，內心不斷地掙扎。被無數尖針穿刺過的手臂瘀青腫脹，自動測量血壓計每十五分鐘充氣一次，直到儀器上顯示數字才停止。各種管路從倒吊的架子上延伸至她身上，那是不想放棄的路徑，也是我除了言語之外，唯一的能力。

但這麼做對嗎？也許她並不想要被這般對待。我不知道。她無從選擇，她不像住在安寧病房的其他病人。

我將目光眺望遠處公園，周小倩身影出現在眼底，她坐在小型公園裡。

屬於醫院境內一部分的公園，幾棵大樹無精打采，在一年將盡的此時仍保持綠葉令它們疲倦，其他花草都已經逐漸枯萎。只有幾張木製長椅活力旺盛在一旁，青睞它的人不少，幾乎都被佔滿。

周小倩不坐在長椅上，她坐在專屬於她自己的位置裡。

在她身旁也有幾位銀灰白髮的老人坐在輪椅上，他們彼此從未交談，只是靜靜聽著陪伴在側的外籍女傭，聚在一起嘰嘰喳喳說個不停。彷彿她們說的一切便是他們想說出來的所有，又或許他們曾經交談過，然而交集的話語總是在沉悶的氣息裡失去方向。

小小的公園有種星期天的熱鬧氣氛。在另外一端醫院大門入口處，兩張合併在一起的桌子前，幾名義工手拿宣傳單向來來往往男女講解介紹，大部分的人皺起眉頭揮手離開。只有少數幾個人認真聽他們說話，然後拿起宣傳單走開。一旁大字報做成的宣傳海報被風吹得劈啪作響，幾張宣傳單也被突然捲起的強風帶往天空。周小倩抬頭仰望天際線下飄飛的白色宣傳單，如羽毛般輕盈。宣傳單又被另外一起強颱的風捲落下來，剛好掉在她身上，她好奇地撿起來翻看。紙張上偌大的粗黑印刷字體很快映入眼簾，請支持器官捐贈。

請支持器官捐贈。周小倩一邊心裡默唸，一邊隨著密密麻麻字體逐字逐字緩慢閱讀下去，最末視線落在，你，可能是他最後的機會。

周小倩取出隨身攜帶的小皮夾，尋找器官捐贈同意卡，但找不到。她想著有如身分證健保卡信用卡般體態的器官捐贈同意卡，心情頓時變得沉重起來。

她回想，初次拿到器官捐贈同意卡那一刻，心情愉悅親吻卡片，感受體內每一種器官的價值正迅速往上提升，好像未來面對的一切都是有意義的。周小倩低頭看著宣傳單，反覆思索。從她背影看過去，垂低的頭幾乎已經在視線裡消失。一頂貼皮的棕色帽子，成為她身體中心，帽緣下露出的幾綹髮絲支撐著她不平衡的身體。讀完宣傳單後的很長一段時間，她專注的心思飄向過去未曾到訪的地方。自從住進安寧病房後，她愈來愈想活下去，現在，她清楚瞭解想要保留住自己的器官，留住自己。

在她不遠處，和她有著相同姿勢的白髮老人，不知道何時坐在她旁邊長椅上，他沒有看向任何人，默默低頭，戴在他頭上的帽子將他的表情全部遮蓋。他的著裝，和坐在輪椅上的其他幾名老人形成強烈對比，卻有著相似的精神氣色。

一陣風突然颳起，器官捐贈同意書飛揚遠處隨即掉落地上。外籍女傭自顧自地說話，沒人向前撿起它。周小倩用雙手轉動車輪，輪椅緩慢靠近地上的宣傳單，她低頭望了一會，然後再度轉動車輪離開。白髮老先生撿起地上宣傳單走到她面前遞給她，周小倩微笑收起宣傳單道謝，抬眼凝視他眼睛，驚訝他散發憂鬱的目光，好像他的心不在他的身體裡。

白髮老先生轉身離開。周小倩把宣傳單塞進蓋在雙腿上的毯子底下，往醫院裡頭過去。

當我看見周小倩出現在安寧病房電梯口，迎向前，幫她推動輪椅往病房走。將整個身體彎曲傾向她，她一隻手環抱住我的脖子，另外一隻手撐在輪椅扶手上，再用身體其他部位力量使勁往上，懸在半空中一會平躺到病床上。被她雙手勾抱住的那一刻，我又想起躺在兒科加護病房的女兒，眼眶不禁泛紅。躺在病床上的周小倩正要開口說話，瞥見我的眼淚從臉頰上滑落下來，嚇得說不出話。

我擦了擦眼淚，說聲，對不起。

沒關係，我也很常哭。周小倩微微笑出聲，試著用略微輕鬆語氣說，我每次哭過後都覺得眼睛變得更明亮了。

我笑了出來，拿起輪椅上的毯子蓋在她身上，摺疊成巴掌大的宣傳單掉落地上，我撿起來想要打開的同時，周小倩搶了過去塞進枕頭下。

這麼神祕！我笑笑地說。

周小倩也淡淡微笑，什麼話也沒說。

我剛要離開，周小倩突然說，如果是妳，會把自己身體的器官捐給別人嗎？

我停下腳步佇立不動。我想起女兒，此刻的她正靠著儀器存活著，還能支撐多久，沒有人能預測，也許很快，也許還有很長一段時間，但最終她需要別人身上的器官，一顆強而有力的心臟。

會。我走向前注視著周小倩，她眼睛透著光亮回看著我。

我以前會，但是現在卻不是那麼確定了，周小倩說。

為什麼？我坐了下來，視線與她平行。

當器官捐贈同意卡賦予的使命被完成的時候，我就不存在這個世界了。周小倩語氣悲傷地說，但是我還不想死。

我握住她的手，默默流淚，喉頭緊縮哽咽。

我瞭解，我勉強擠出這句話，內心卻悲傷不已。

這樣很自私，對不對？周小倩低聲問。

不會。

如果是妳，妳會捐出去對不對？

我點點頭說，那是我的做法，但是妳不需要這麼做。

我只是想確定，如果是妳或是妳的家人不久以後會死掉，妳也會把器官捐出去嗎？像我一樣。

周小倩堅定語調中夾帶失落悲慟，那是她來到安寧病房兩個月來，從來沒有過的語氣。

在照顧她的期間，她是整個病房裡最有活力的病人。在這個號稱末日病房的大型空間裡，一切都顯得冰冷死氣沉沉。和其他科別部門不同，被醫生宣佈未來生命只剩六個月，統稱臨終病人的人，才能住進這裡。當然，有人一個月就死亡了，也有人越過六個月的死亡線，但沒有人活得由衷地快樂。被死亡的氣息壓得喘不過氣來，希望立即死掉的人大有人在。但這裡是安寧病房，不是安樂死病房。我們提供減輕疼痛的護理方式，卻沒辦法消滅死亡的降臨，也無法提供死亡的方法。大部分來到安寧病房的人，都是做好面對死亡的人。每個人嘴巴上沒有說出來，但是內心卻都希望存活下去。那是現實與渴望交戰的過程。但不會有人贏。

我思考著周小倩的話。我從來沒有想過要把女兒的器官捐出去，到現在為止，我只想要任何一個人，從他身上取出強而有力的心臟，放到女兒身上，那麼，女兒便能存活下來了。

為什麼我不能放手讓女兒死去，把她身上其他有用的器官捐給別人？我不斷地想著，不，我不能這麼想，我要她活下來。

我會。我說出違背內心想法的話，留下周小倩急忙轉身逃開。

周小倩愣愣看著關上的房門，閉上眼睛。病室裡只剩下自己，是周小倩感覺最自在，卻也是最孤單的時刻，不止一次她在閉起的眼皮上構圖，想像自己站在一條完整而長長的實線與虛線前面。她猶豫著，應該穿過虛線往前走，還是實線？看起來緊密厚重的實線，擋住她的去路，如果穿過虛線，又會到哪裡去？就像螞蟻站在一滴水的旁邊，她不知所措。到底死亡線是實線還是虛線，是直線還是拋物線，對於這個問題，她也會在獨處的時刻想起來。然而，不管她怎麼猜想，她都不會跟誰談論關於死亡的事情。只要不談論，死亡也許會像那隻螞蟻不知所措。

周小倩重新拿起器官捐贈同意書宣傳單，再次仔細閱讀，紙張末端上有一行藍色鋼珠筆手寫的數字，001010。她回想自己那張遺失的器官捐贈卡，上頭是不是有類似的數字，但她想不起來。她揣測數字的含義，思緒卻連結到剛生病時。那時，她的身體還能夠應付生活周遭裡的瑣碎事情，也還能步行，來到書店，儲書量不多的書店，以專門販賣商務用品、學生文具為主。她在一堆未經編排歸類的書籍裡尋找關於醫學的書，最後在食譜區裡發現人體結構的書籍，在那本書裡，她發現原來以前一直以為人是水做的這件事，並不全然是真的。細胞是構成人體的最小單位。這個意象從那之後便深植在她內心。但細胞到底是什麼？眼睛看得見嗎？沒有一本書解釋她的疑惑。

在那家書店，她也沒有找到為什麼自己會罹患疾病的答案，如今她找到了，卻已經不再重要。

我打開門走進病房，周小倩急忙把宣傳單收進毯子底下。病房內只有周小倩一人，在她床旁還有另外一張病床，但空著，只有一個枕頭與鋪設好的床單、棉被靜靜躺在上面。在此之前，一位年紀頗大的老太太躺在上面。在周小倩還沒入住這間病房時，她便躺在那裡了。老太太去世的那一刻，她的家人不在她身邊。周小倩聽著她的呼吸，從急促喘氣，直到悄無聲息。在那之間，周小倩想給她幫助，但她下不了床，床上的呼叫鈴掉到地上，她撿不到。她只能靜靜躺著。雖然隔著一層圍簾，但周小倩相信，老太太一定也能感受到有人陪著她走向生命的盡頭。那之後，周小倩曾經希望我讓空置的病床入住其他病人。但隨後她又反悔說，我這樣要求好像很殘忍。

我笑笑地說，一旦床上躺著另外一個人，便意味著有人即將面對死亡。

周小倩小聲地說，我知道，像我一樣。

我凝視周小倩眼睛沉默沒有回應。

死亡應該愈少愈好。周小倩喃喃地說。

如今這張空置的病床，即將承載另外一個人的生命。我把手上的雜物放在空床上，將診斷牌掛在牆上，轉身走向周小倩。

周小倩看了一眼牆上的名字後問，他生了什麼病？

癌症。我邊回答，邊幫周小倩量體溫。

周小倩沉默地想著，不知道即將住進那張病床的人，會不會將自己的器官捐出去？

我覺得，我最後應該會像妳一樣把器官捐出去，周小倩說。

這種事，除非妳死了，否則沒有人能幫妳決定。我專注看著血壓計上的水銀落在哪個刻度上。隨即又後悔把話說得那麼重。瞥了一眼手錶，兒科加護病房的會客時間快要到了，整個心思懸掛在探視女兒的事情上頭，一直到我離開兩人都沒有再說話。距離兒科加護病房會客時間，只剩下五分鐘，但只有白髮老人穿上隔離衣等候在厚重門外。我站在他旁邊，默默等候。周圍陸陸續續有其他人加入我們的行列。

門緩緩打開，我看向女兒床位，圍簾被拉了起來。我心頭一陣緊縮，思緒往壞的方向奔馳。我不想要面對的局面突然來到眼前，令我招架不住。我急促走向女兒床旁，幾名醫護人員站在她旁邊。他們回頭用一種感到抱歉失落的眼神看向我。我放聲哭了出來。

一位加護病房的護士拍著我的肩膀試著安慰我，她在我耳邊輕聲地說，有一位男童已經宣佈腦死了，如果他家屬願意捐出心臟的話，也許還有機會。

隨著加護病房護士手指的方向，我看向白髮老人。剛才與我一起等候時，散發的抖擻精神，堅定有力的枴杖停在平躺病床上的年輕男童前失去了光澤力量。白髮老人看著眼前男童腫脹熟悉的臉，不禁又再度濕紅了眼眶。他沒有讓淚流下來，任由眼窩濕潤，不停地撫摸男童，從頭到腳，從手的這一側到另外一側。每一處冰冷的肢體，他都用自己身上僅有的溫度，一次又一次透過薄薄一層皮膚傳遞給男童。

負責照顧男童的護士，簡單迅速向他報告男童這幾個小時內的狀況。情況和他上一次會客時間裡聽見的幾乎一樣，語調大致相同，只是來自不同的護士口中說出來。

護士說完拿出一張器官捐贈同意書單張遞給他，他接起來，看了一眼，當著護士的面，毫不考慮將它撕碎。

我看著器官捐贈同意書被丟進垃圾桶時，整顆心糾結一團，原本僅存的一絲希望破碎了。

白髮老人沒有看任何人一眼，護士也不敢再打擾他。一直到會客時間結束，他才依依不捨離開，頻頻回頭望著男童，腳步卻只能往大門的方向過去。他多麼希望擁有多一些時間看著男童。即使醫生不久前向他宣佈，男童醒來的機會幾乎是零，他也不在意。他只是想要一直看著這個在車禍裡僅存下來的，他死去的獨子留下的唯一孩子。白髮老人離開加護病房後，沒有馬上離開，他坐在病房外的塑膠椅上等待。除了等待，什麼也不做，什麼也做不了。

這已經是第十八天了，除了偶爾到醫院外頭的小型公園外，他幾乎都待在加護病房門外，等待男童醒來的消息。這段時間，除了幾次回答其他同時間也在等待中的家屬幾句禮貌性的話語之外，鮮少和人說話，坐在那裡久久不動，周圍的人早已經離開。

一位護士經過加護病房門口時，已經是深夜了。她撿起掉落在地上的帽子，喚醒白髮老人並且對他說，你回去休息吧，今天已經沒有會客時間了。老先生默默點頭，護士離開後，卻依舊坐在那裡。

隔日，我提前來到加護病房，沒有直接走到女兒床旁，反而先來探視男童。如果沒有呼吸器的輔助，或許此時的男童應該已經算是死亡了。望著他的臉龐，我堅定決心，那很殘酷卻必須面對的事，要想盡辦法讓白髮老人接受。

一如往常，每當會客時間即將到來，白髮老人就在加護病房大門口前安靜等待。

第十九天，總共五十七次會客時間，但白髮老人見到男童六十一次。多餘的四次，除了第一次是他主動將男童所需的物品，送進加護病房外，兩次是被緊急喚進病房內，告知他男童正處在危險狀態裡，並讓他簽下病危通知書，另外一次，則是勸導關於器官捐贈的事情。

白髮老人見我站在男童身旁，沒有多說什麼，繞過我到床的另外一側，撫摸著男童臉龐。他的動作，和我撫摸女兒時一樣。過了一會，我試著打破沉默說，這是你孫子？

老先生點點頭。兩人落入沉默。

長得很可愛，我說。

老先生沒有回應，專注看著因為腫脹，導致五官全部擠在眉心中央的男童臉龐。兩人再次落入沉默的同時，周遭的聲音卻像拍賣會場裡的喊叫聲般沸騰。不遠處，有一床病童正在施行急救，大部分家屬的目光都被吸了過去，老先生不為所動專注凝望男童。

我的心怯懦了起來，卻深吸了一口氣鼓起勇氣說，老先生，如果你願意把你孫子的心臟給我女兒，我一輩子都會感激你。

說完，我又後悔了。我想立即轉身離開，雙腳卻像冰柱般僵凍在那裡。

白髮老人專注地看著男童沉默了很長一段時間，漸漸地，他眼眶內積滿了淚水哽咽地說，我看著他，就像看他睡覺一樣……

聽見這句話，我的鼻頭也酸了起來，我應該對他說抱歉，應該轉身離開，但不知從哪裡來的力量，我繼續說，我知道這樣對你很不公平，但是……至少讓一個人有機會……

話剛說完，我便放聲哭了出來。加護病房的護士把我帶開，留下老先生靜靜注視著男童，他再也忍不住多日來壓抑在心中的悲慟，在探訪時間尚未結束前便擦著眼淚匆匆離開。

在電梯門打開時，白髮老人搶先一步走出電梯，正好撞到周小倩輪椅，使得輪椅一側卡進電梯門凹陷處，白髮老先生沒有停下腳步，連說聲對不起也沒有便逕自低頭離開。周小倩抬頭看了他一眼，使勁推動輪椅卻怎麼樣也推不動。她望向四周，似乎沒有人發現她的處境，在她周邊，宣導器官捐贈的義工見狀前來幫忙，輪子開始轉動後，宣導義工將一張宣傳單遞給她。周小倩收下，打開腿上的毯子，將它放進毯子底下，卻沒有發現原先放在那裡的器官捐贈同意書掉落在電梯裡。

器官捐贈同意書，隨著一批又一批前往各個病房的病患或訪客，在電梯裡上上下下移動。我離開兒科加護病房走進電梯，看見摺疊過的紙張落在角落，原本潔白乾淨的紙張上灰色腳印層層堆疊。我隨手撿起，在電梯門打開的同時把它丟入立在旁邊的垃圾桶內。器官捐贈同意書沒有被丟進垃圾桶狹小洞口內，卻落在電梯旁地板上，人群來來往往踩踏而過，宣導義工見狀，撿起那張髒兮兮的宣傳單，即使看起來和垃圾無兩樣，但是她一眼便認出那是器官捐贈同意書。

打開宣傳單，深藍色工整筆跡寫著周小倩，義工拍了拍沾染在上面的灰塵，四處張望尋找看起來像是周小倩的人，周遭來來往往的人，沒有人像是尋找失物的人。宣導義工便將同意書摺疊好收進口袋裡。正好此時，周小倩在醫院門口器官捐贈宣導義工的幫助下，努力尋找那一張簽了名字的同意書，任憑她翻遍身上僅有的兩個口袋、毯子下方，但都找不到。宣導義工建議她重新填寫一張。

如果那張同意書被其他人撿到，那麼，我是不是就會有兩份器官捐贈同意書了？周小倩問。

這種事情很少發生，宣導義工想了想後說。

周小倩又繼續追問，我是說萬一，如果有兩個人同時都需要我身上的器官，那應該要給誰？

宣導義工像開玩笑的口吻對她說，那就看是誰比較幸運。

周小倩停頓思考了一會後說，我想，或許是掉在病房裡了。

隨後，她推著輪椅往公園裡走，忽然想起什麼回過頭問宣導義工，上面的數字代表的是什麼意思？

身上所有器官的統一編號。宣導義工在很遠的那一頭，扯開喉嚨大聲說。

周小倩心想，是像每件物品上磁條一樣的號碼嗎？當身體裡的器官被某種機器刷過去之後，我就失去它了。她朝公園裡過去，不自覺又仰望天空。自從坐在輪椅上後，抬頭看天空就不再是那麼令人感覺疲憊的事了。坐在輪椅上，輕易地就可以看見天空，由於天空離她的距離比其他人更遠，她認為見到天空的面積比其他人多。這是以前未曾發現的事。但這樣的發現，不會讓人感到驕傲。白髮老人獨自坐在長椅上，她緩慢轉動輪椅靠過去，在他附近停下來。白髮老人抬頭看了她一眼，隨即又低下頭落入沉默。

近中午的小型公園，人很少，穿著厚實外套的周小倩在陽光襯托下，也顯得精神很好。構成人體最小的單位是細胞。她想像自己死亡後，如果變回極微小的細胞的話，那麼，身上的所有器官要怎麼樣編號。一種莫名的哀傷襲擊她，那哀傷和她決定再次簽下器官捐贈同意書時的心境迥然不同。當疾病初臨乍現的那一刻，她忙著悲傷、否定眼前惡耗。接著她學習接受，試著把悲傷夾藏起來。她做到了，也以為自己已經遺忘了原本的恐懼，但她無法想像，在她身體裡的所有器官都變回細胞。

細胞到底是什麼樣的一種物質，它需要靈魂嗎？周小倩胡亂想著，同時她看著總是獨自一人的白髮老人，他和她一樣正面對著死亡嗎？

白髮老人似乎察覺到周小倩偷偷看著他，他起身離開，攔下一輛計程車，消失在冬日陽光下。

接下來的會客時間，白髮老人都缺席了。加護病房裡的醫生、護士為此感到焦慮。他們嘗試與他聯繫，卻都沒有結果。會客時間裡，我幾次看向男童病床卻都沒有再看見白髮老先生，為此，我感覺到內疚，除了探視女兒外，也走到男童病床前安靜地看著他。

看著眼前幾乎已經毫無存活機會的男童，他的未來只剩下一件重要的事，宣佈死亡時間。

我注視著他還來不及長大的臉孔、身軀，感到無比心痛，此刻的我想著女兒脆弱的心臟，卻又希望眼前的男童也能夠繼續活下去。此時，監視男童生命徵象的儀器突然警鈴大作，男童的心跳速率正快速往下降落。聽見聲音的兒科加護病房護士趕來替男童進行急救，她們著急地在他心臟上方按壓，直到用盡全部力氣。不久，男童的心臟漸漸跳回到正常速率後，我才放心離開。回到女兒身邊看著眼前稚嫩臉孔，看著她，就像看著男童一樣，他們都像睡著了一樣。

接到加護病房護士通知的白髮老人來到醫院，他走進醫院內，最後卻又走出去。他佇足在醫院外面，不停徘徊。負責宣導器官捐贈的義工，走到他面前詢問他是否需要幫忙，他搖頭揮揮手示意義工離開。義工將一張宣傳單塞進他手裡後，跑著離開。這一次，他沒有將宣傳單丟棄，反而來到旁邊的公園長椅上坐下來仔細閱讀。他專注看著宣傳單許久，視線一直停留在上頭，他的思緒被紙張上單純的字體，複雜地糾結在一起。

連續幾天，周小倩在病房裡來來回回尋找，卻怎麼樣也找不到那張屬於她的器官捐贈同意書。她坐在病床上梳理頭髮，準備到醫院外頭再次向義工拿另外一張同意書。

她撿起梳子和床上的頭髮，丟進垃圾桶裡。頭髮變得比以前少了，色澤也變得黯然無光，她幾乎不再正視自己的模樣。她決定今後都用真實的面貌出現在其他人面前，即使會有許多異樣眼光。

離開床，周小倩花了很大力氣才坐進輪椅裡，她感覺到體力愈來愈不如從前了，但此時的她，急著去義工那裡填好器官捐贈同意書。

來到器官捐贈宣導員那裡，義工熱情地招呼她，幾個路人經過她身邊時，都同時低頭瞥看了她一眼。周小倩坐在輪椅上的高度，視線剛好與桌面平行。她拿起宣傳單，視線直接落在頁尾的統一編號上。義工見她遲疑地看著宣傳同意書，便對她說，沒關係，妳可以拿回去考慮清楚後再填寫。

周小倩抬起頭小心翼翼詢問，我可以挑我喜歡的號碼嗎？

義工突然笑了出來，將桌上一疊厚厚的器官捐贈同意書單張全部遞給她。

從中選好之後，她把其他單張還給義工。

妳選了什麼號碼？義工好奇地詢問。

對我有意義的號碼。

另一位宣導義工來到桌前，看了看周小倩後問，妳生了什麼病嗎？

癌症，周小倩加強語氣說，末期癌症。

宣導義工說，癌症不能捐贈器官。

為什麼？周小倩疑惑地問。

被癌細胞侵略的器官，如果移植到其他人身上的話，或許受贈者也會得到癌症。宣導義工回答。

哪一種死亡的機率比較大？周小倩看著器官捐贈同意書問。

這個問題，或許就要由專業的人來回答了。宣導義工見周小倩靜靜看著器官捐贈同意書，接著說，這張同意書妳可以留著。

周小倩拿著器官捐贈同意書，推著輪椅離開來到公園角落。她又見到白髮老人獨自坐在那裡。她推動輪椅靠向白髮老人，見他手上握著鋼筆，便主動對他說，我想向你借筆。白髮老人回過神，將筆拿給周小倩時，手上的器官捐贈同意書掉在周小倩毯子上。周小倩撿起來看了一眼，把它交回白髮老人手上。

你的是幾號？她抬頭看向老人說。

老先生疑惑地望著周小倩，不知如何回答。

周小倩見老人似乎不明白她的意思，指著自己手上的器官捐贈同意書底下的一排數字說，這個號碼，就是我身體所有器官的統一編號。

她指著白髮老人手中的器官捐贈同意書說，你也有屬於你的號碼。

白髮老人默默看著器官捐贈同意書，然後起身離開走進醫院。

我站在男童病床旁探視他，白髮老人一直都沒有出現。男童心跳規律跳動，仍舊動也不動躺在病床上。再大的聲音也驚醒不了他。監測心跳速率的儀器鈴聲響了起來，我回頭見醫護人員往女兒的方向奔跑。我心頭一驚，腦中瞬間一片空白，幾乎就要暈厥過去，勉強走到女兒病床旁邊。急救治療車、電擊器冷酷無情地站在女兒床旁。那是我最不想要見到的畫面。我用意志力支撐著軟弱無力的身體。不久，醫護人員離開，女兒依舊躺在那張床上，白色被單覆蓋在她整個身上，留下慘白的臉龐。我放聲哭泣癱軟在女兒身上，傷悲不止。加護病房裡的護士拉上圍簾，留下我獨自面對女兒。我聽見蜂擁而至的人群嘈雜聲，像是一塊又一塊不同色調的顏料，將原本像白紙般寂靜的病房渲染開來。

白髮老人走在人群的最後面，他默默走著，經過男童病床時沒有停下腳步，負責照顧男童的護士喊他，他也像是沒有聽見似的，繼續往前走。他來到我女兒床旁，掀開圍簾將緊握在手中的器官捐贈同意書，放到我手上，轉身離開。我將器官捐贈同意書放在白色被單上，老人的名字，映在我模糊的視線上。

撫養症候群

來到位在市郊私人養老院時，已經是下午三點了，約定好見面的人是曾經一起求學過的珍，她是這間私人養老院負責人的女兒，目前也幫忙經營管理。我必須說服她讓父親住進來。會面時，珍很為難地說，目前床位滿了。我不安地環顧四周，規模不大但還稱得上明亮的空間清新空氣微微流動。公共交誼聽只有少數幾名老人，模樣相似靜止般坐在那裡。珍繼續說，有一個病人也許可以想辦法讓他轉到其他公立機構去，這樣床位就會空出來。

家屬同意嗎？我問。

一直都找不到家屬，好像憑空消失一樣。珍說，那老人的兒子，曾經是我們公認最孝順的。

我點點頭說，我等妳的電話。

往大門口時，角落裡有個看起來熟悉，卻又想不起來在哪裡見過的背影。珍推開門說，目前還不能夠向你保證，我們必須找到他的兒子，並讓他把欠養老院的錢還清。

回到家中，父親依舊坐在相同位置眼神空洞望向前方。我突然想起來，剛才在養老院裡瞥見的背影和父親幾乎同一個模樣。他們同樣面對著白色牆面，什麼事也不再做了。

我回想起爺爺，他也曾經坐在父親現在的位置上。凹陷的沙發，將他瘦乾身體包圍住。爺爺變得愈來愈少說話，突然說起話來，又滔滔不絕說個沒完。全是父親小時候的事，但父親卻當著爺爺的面否認他的說法。父親無奈地看著爺爺說，爸爸，你老了。

有次，爺爺疑惑看著父親問，你是誰？

我是誰，爸爸你別鬧了，我是你兒子。

爺爺非常生氣敲拍桌子，把桌面上物品全部打翻然後指著父親的臉說，你怎麼會是我兒子，我兒子還在學校。

他們同時看見剛從學校回來，佇立在門口不知如何是好的我，爺爺突然指著我說，那個才是我兒子。

父親錯愕夾著悲傷神色離開。我試著跟爺爺討論這件事情，他淨是叨叨唸唸地說著過去的這些事、那些事。那些只存在記憶裡，或者根本不存在的事，他認真重複說上一遍又一遍。像遊戲一樣，久了也會讓人身歷其境。隨著爺爺言語上的混亂，失蹤的次數也跟著增加。爺爺第一次不見蹤影的那個晚上，我和父親在街頭四處尋找，我們從來都不知道甚至不瞭解，深夜裡何處是老人會去的地方？找不著爺爺，我和父親只能再度回到家裡等待，一路上我都在想，或許爺爺已經回到家，坐在那張他專屬沙發上，嘲笑著我們對於老人的無知。

沒有誰在那等待，只有一盞我特別為爺爺留下的明亮燈光迎接我們。母親躺在床上深沉熟睡，連惡夢也沒有，父親疲憊地坐進爺爺那張老舊沙發，焦慮不安看著外面，又不時起身徘徊，步伐緩慢沉重。聆聽父親腳步聲，我想像爺爺走在黑夜裡的模樣，獨自待在自己房間一直沒有入眠。漸漸地，隨著爺爺失蹤次數增加，客廳裡的腳步聲也逐漸消失了。不管爺爺消失多久，最終還是會用同一個模式回家——被不同的人送回來。

那一刻，父親緊繃的臉稍微鬆懈下來，而母親的臉龐則會瞬間凝住，在她勉強對陌生人擠出笑容時，精心打扮的妝粉又會刹那間龜裂。我曾經出門去找爺爺，在他忘記天黑要回家時。一開始，先是研究爺爺為什麼不會主動回家的原因。很長一段時間，我陷入困境完全沒有方向。某次回家路上，一群老人聚集圍攏在一起，這畫面觸動我的神經使我開竅。也許找到爺爺經常去的地方，那麼爺爺就不會失蹤了。這是一個好方法，也是目前唯一的辦法。

許多次，我背著書包離開家，然後偷偷躲在離家不遠的一棵大樹下，在那裡可以清楚看見住家情況，而樹的大小又足夠讓我的身體隱藏起來不被父母發現。我在那裡等待爺爺出門。有時候我剛離開家還沒跑到大樹旁，爺爺的身影就出現在馬路上；但是，更多時候，一整天守在大樹下都不見爺爺蹤影，那麼，我會趕快跑到學校，即使遲到，也無論被何種方式懲罰，一整天心情都很好。

觀察很長一段時間後，我發現爺爺每次都走到不同的地方。也因此，我逐漸認識了其他幾條巷弄，離家不遠，卻是我從來沒有去過的。爺爺行走的路徑有一定模式。當他走出家門，會跟在第一個遇見的人後面默默行走。如果此時誰也沒有遇見，他會一直站在家門前直到人影出現。先走上一段路後拐進巷子，路愈窄行走的速度愈快。他從來不會在巷子裡停下腳步，也從來不會迷路。在陰暗巷道不斷穿梭後，他開始沿著大馬路走，隨著行人與車輛增加，行走的速度愈加緩慢。迎向強烈白色車燈，順沿幽暗路燈，最後在一處明亮的地方停下來。

便利商店是黑夜裡最乾淨亮白，看起來最安全的地方。明亮燈光下，一群年輕男女圍坐在庭園式咖啡桌旁大聲嬉鬧，沒有人瞥見坐在離光源最遠與垃圾桶為鄰的爺爺。他雙手交疊，臉上看不出焦慮也沒有不自在，只是默默坐著不向人問問題，也沒有人想要與他交談。

黑夜裡，亮著白晃晃強光的超商前面，他坐在角落垃圾桶旁像個骯髒的無賴。他在那裡破壞了整個青春的美感。他不在乎，時間在他身上發揮不了作用。當我走向前牽起他的手時，他臉上會露出一種不經意的微笑，淡淡地一抹而過。那笑容很難捕捉，為了那瞬間的笑容，我花了很長時間研究如何在最短時間內找到爺爺，花費的時間遠超過在學校學習的時間。被父母親知道這件事後，我被嚴格看管住。爺爺消失的時間更久了，還好最後他都會回到家來，一次都沒有令我失望。

為了防止爺爺再度失蹤，不久，家裡來了一位看護。父親親臨仲介公司，挑選可能令爺爺滿意的女孩。肉感十足的女孩，和母親完全不同類型。年齡絕對不超過二十，這一點在見過母親臉龐後的人都能輕易辨識出來。女孩第一次看見爺爺時，友善地立刻上前挽住他的手臂，卻被爺爺打了一巴掌。突來舉動嚇壞了所有人，但沒有人制止他。女孩莫名挨掌後，爺爺突然開心地對父親說，我肚子餓了。

我很同情女孩，但是我更憐憫父親。父親特地為爺爺做的，爺爺卻不領情。爺爺除了沒有再消失以外，其他都沒有因為女孩到來而改變。他開始用手吃飯，飯粒掉出手指間縫落在身上地上，女孩為他撿起身上飯粒，被他尖叫嚇阻大喊不讓她靠近。除了吃飯會花去爺爺大半時間外，大部分時候的爺爺都無事可做。他開始注意時鐘，拿個板凳拉直手搆到時鐘取下來，放在耳邊仔細聽，時間滴答滴答滴答又滴答滴答滴答重複響。他把時鐘翻面調動輪軸，還沒放到耳旁又滴答滴答滴答不間斷重奏滴答滴答滴答，爺爺索性摘下電池然後把時鐘掛回牆上。

這行為惹得母親買來十個時鐘，分別掛在不同的天花板上。客廳、房間、廚房、浴室、陽台、儲藏室等，牢牢釘住的時鐘滴答滴答鎮日響徹。爺爺不需要時間，卻整日仰望時鐘。他踩在餐桌上伸直手差一點搆著時鐘，卻怎麼樣也無法把時鐘從天花板上摘下來。摘不到時鐘，只好整日摀住耳朵，又不斷試圖爬上高處摘下它。一整天蹦蹦跳跳，直到父親出現，他才會安靜下來，疲憊臉上隱隱約約透露得意模樣。

為了爺爺良好的將來，父親嘗試刻意避開爺爺幾乎很少出現在他面前，父親必須讓爺爺體會，不管他有沒有出現，都必須回到像過去一樣的生活態樣。在這一點上，父親非常堅持絕不能夠讓步。

母親從來不主動接近爺爺。她總是說，我怎麼會跟他計較。他不是小孩子，他可以處理好自己，他只是老了而已。雖然老了，不代表什麼事都不用做了。事實是，除了女孩以外，她不讓我和父親接近他。她總是在我們靠近爺爺之前說，我們不是不再關心他，也不是不要再幫他做些什麼事情，但是你們想一想，如果我們在他自己動手做之前，就把一切都替他做好，他就會變得比現在還要虛弱。到時候就是真實的虛弱了。在母親說這段話之前，爺爺會拿著四腳枴四處走走。甚至情況好點時，只需要用一支枴杖就可以到隔壁鄰家與人閒話家常。但現在他坐在沙發上連腳都懶得抬動，就像冬季裡的植物。

讓爺爺變得如此緩慢的速度太快了，太快了，父親還來不及反應過來，爺爺又變成了另外一個模樣。比如，以前再複雜困難的事情爺爺都會親自去做，現在就算簡單地把褲子從腳踝穿到屁股上他都做不到。他只是站著，就只是無所謂地站著。父親幫他把褲子穿上，繫上皮帶，釦環穿在最後一個洞口，褲子仍舊鬆垮垮掛在腰際。乾扁身軀撐不起一件衣服，但還能勉強維繫父親對爺爺的支持。父親想為爺爺做點什麼，改善他的現況。在爺爺一動也不動之前，得讓他活動活動，增強他身體肌肉力量。父親這麼想的同時，已經用雙臂抱起坐在沙發裡的爺爺，但他看起來漸漸消瘦的體型卻愈來愈重了，身體像是被門夾住一樣，要把他從沙發上拔出來需要花費很大力氣。爺爺生氣卻連推開父親的力氣也沒有。對於爺爺來說，要把屁股移開沙發所使用到的肌腱力量，令他全身產生強力拉扯疼痛感。爺爺任憑父親擺弄他，連一向對爺爺冷眼旁觀的母親，都認為父親正在用自己的方式干擾強迫別人。

父親假裝沒有聽見，汗流浹背繼續執行他的想法，並且貫徹它。他攙扶爺爺走出家門、上下樓梯、過馬路，一切都像父親小時候被爺爺教導時那樣對待爺爺。但不同的是，父親感覺受挫，才避開一陣子未見，如今要讓爺爺站直身體需要花費的力氣，似乎已經超出父親所能負荷。那段時間，父親勤練身體，但效果有限。有時，父親甚至懷疑爺爺是不是吃得太多了，雖然身體沒有力量，看起來卻很臃腫，想要讓他往上挺住，卻只是放縱自己向下迅速沉墜。

父親想要讓久坐在沙發上的爺爺站起來，卻怎麼也扶不起他。我跑向前伸出手，父親連忙制止，滿臉通紅用力將爺爺抱起來，不一會，爺爺從他手中滑開跌落地板，一句話也不吭，甚至連看父親一眼都沒有。在爺爺的內心，他是怎麼想的？父親盡力為自己與爺爺保留的最後一絲尊嚴，瞬間瓦解。這種看起來像是故意讓人難堪的手段，是爺爺用來報復父親對待他的方式，他已經不須再用語言，也能夠深刻讓人體會到他的威脅。

你會讓他受傷，我說。

他是我爸爸，我不會讓他受傷，父親立即表達反對立場說，除了跌落的聲音大了點之外，他剛才的樣子，就是你現在看到的樣子。

爺爺皺起眉頭，看起來很痛苦。我正想說些什麼，父親卻搶先一步說，看起來很痛，我知道，我只是想讓他起來走一走，若現在不站起來走動走動，那以後就更走不了。

我檢查爺爺的身體是否受傷。

屁股先著地，沒有撞到頭，父親急忙說。

我又摸了摸爺爺的頭。

頭很重要，我知道，父親停頓一會眼神專注詢問我，如果撞到頭的話，對他會不會好一點？或許能夠記得我是誰。

他是你父親，你不能夠這樣對他。當我說完這句話，我以為父親會大聲斥責反駁我，但他卻一反常態只是沉默不語。他的臉上對爺爺忍無可忍的表情顯露無遺，尤其母親不時在他耳邊搧風點火時，令他更加難堪。但在我面前，他不能對爺爺發脾氣。至少在他脹紅暴露的青筋下，他按住了怒火。

父親開始禁止女孩餵爺爺吃太多食物，至於母親根本不用說，她從來不關心爺爺吃了些什麼。不管爺爺吃進多少食物，他都嚷著肚子餓。食物在他面前，他卻一點也沒有要吃的意願，但食物卻不能離開他的視線。曾經，他離開沙發去做其他的事，做完那些微不足道的小事後，過了很久他都找不到他原本坐的沙發。那張他坐了一輩子的椅子，他找不到。他又在家裡迷路了。他激烈喊著，誰偷吃了我的東西？一邊喊的同時在家裡到處亂竄搜尋，好像他是小偷，明目張膽的那一種。

在一間房子裡迷路，不是一件簡單的事。爺爺擁有的房子，只是一間兩層樓三間房的屋子。他在每一扇未推開的門前大吼大叫，為什麼把我關在外面？趁別人不注意時，他會趴臥在廚房、霸佔整個廁所空間，甚至躺在陽台睜開雙眼說，我肚子餓、我在睡覺，這些令人摸不著頭緒的話語，他重複一遍又一遍。

爺爺在家裡每個場域睡覺的同時，也留下排泄物。他像是有意又像是無意地把玩糞便，並對塗抹在牆上的圖像滿意地微笑。孩童般畫作佔據一面又一面的牆，散發出來的氣味剛好籠罩住整個房子。只要他經過的地方，味道就會停留在那裡。再也沒有一面牆是真正的純白。母親不停地咒罵尖叫，卻離爺爺遠遠地，只有聲音圍繞著他。父親拖起地上的爺爺進入浴室刷洗他身上排泄物，面無表情，既不摀住口鼻也不張嘴罵人，毫無情感就像他正在刷洗污穢牆面。

除了我以外，任何人都受不了那味道。尤其在夏天，悶在房子裡的大便氣味，就算是漆上新的油漆也掩飾不了。

我不斷思索想搞清楚，爺爺是什麼時候從一個階段進入到另外一個階段，緊接著就老了，而我卻幾乎渾然不知他是何時變老的。活著活著就老了嗎？

父親買來整箱成人紙尿褲，剛穿上就被爺爺撕扯開來，過一會光溜溜的屁股又會在父親強迫下穿上另外一件。一件又一件穿到爺爺身上，直到爺爺再也沒力氣撕開薄薄透明的膠帶。自從被成人紙尿褲包住屁股後，他僅剩的語言能力也被層層圍住，說出來的話語像是被厚重棉被摀住發出來似。對於爺爺說的話，父親聽得愈來愈含糊不懂了。

都說了些什麼？父親問女孩，妳看到他的時間比我多，就幫個忙翻譯一下。

女孩搖搖頭。父親猜想，她大概也聽不懂。她來這裡只是暫代他而已，除了語言之外。

爺爺沒有了語言，就像父親沒有了父親一樣。他們彼此需要說說話，卻什麼也說不上。父親改變做法，開始經常出現在爺爺面前，讓爺爺無時無刻都能見到他，至少能跟他說些什麼話，或是從他那裡得到某種慰藉。那無形中父親已經喪失的東西。不知不覺，父親懷念起剛開始經常走失的爺爺，那時候的爺爺除了無緣無故離家之外，也經常打電話給父親。爺爺在他自己的房間，打電話給隔壁房間的父親。打開門左拐走幾個步伐再打開門便可以彼此看見的距離，爺爺留在原地選擇打電話，但他卻經常一句話也不吭一聲。父親以為爺爺撥電話，想要訴說瑣碎事情，但是電話那頭靜悄悄像在曠野似地，然後是一陣劇烈咳嗽，父親一時反應不過來，耳膜也被震得疼痛極了，電話摔落地上，父親掛上電話後不久，過了很久都沒有再響起。然後電話又響了起來，又是一陣沉默。

幾分鐘都不說話的爺爺，心裡在想些什麼，父親一點也不知道。但躺在他身邊不斷抱怨的母親說出來的每句話都滲進父親內心。父親憤怒地衝進爺爺房間，聲音大得驚醒了屋內所有的人。他用力扯掉爺爺房間的電話線，電話重重摔下瞬間差一點摔傷爺爺。我上前抱住爺爺，憤怒眼神直盯著父親。這種行為，重複幾次以後就如同騷擾，就算是自己的父親，也是一種折磨。父親堅定但軟弱語氣，帶著無助眼神像是對爺爺，更像是對我說。如今，爺爺即使想要人家關心，也不會主動說出來，更不會像小孩子般鬧脾氣了。他安靜地坐在專屬沙發上，幾乎不再移動。有時候他會說起某個孩提時代的事，那些比父親小時候更久遠年代的事。爺爺心中的童年，在他身體漸漸衰弱無法自由活動後，開始飛揚奔馳起來，速度愈快愈清晰。過往童年的來訪，證明他正在活著，像一棵老樹搖動繁盛枝葉。

在我急速長大的那段時間，父親任由爺爺整日坐著。有天，我穿著護士服，走到爺爺身旁，父親坐在沙發另外一個角落，他抬起眼迅速打量我身上制服，臉露震驚很快又低下頭繼續看報紙。母親迎面過來，圍轉著我，你穿白色很好看，比那些護士穿來得好看。

我也是護士，我盯著父親的臉堅定地說。

接下來一段日子，我都穿著護士服回家，父親卻再也沒有正眼看我。反而經常遇見其他人的目光緊緊跟隨，直到我在他們面前消失或是狠狠回看過去。

以後我來照顧爺爺，我說完後蹲下身想要抱起爺爺，父親卻生氣推開我，逕自抱起爺爺走向房間。我追過去，父親正將爺爺放到床上，我脫下他的鞋子時，父親一把搶走我手中的鞋，過大的力道碰撞過來使我跌倒在地上。父親投射出厭惡眼神，那是我從來沒有見過的銳利表情。

我知道怎麼照顧他，我回瞪父親堅定地說，在這一方面我瞭解得比你多。

他是我爸爸，我會照顧他。父親說完，默默坐在爺爺旁邊低下頭再也不說一句話。

我不怪他，但他在外面拚命工作賺錢，沒有認真看待我長大的事情，也不願意承認爺爺變老的事實。不知不覺間，我和爺爺各自走向相反人生，在他無法控制的地方，他卻又想要伸出手了。

趁父親不在家，我坐到爺爺旁邊，他向我微笑，但是已經不認識我了。他把我當作友善且經常陪他說話的人。一個無關緊要的人。我對他說話時，故意把手上能夠吸引他注意的小玩具丟到他腳邊不遠的地方，藉此要他離開沙發起來走動走動。令寵物狗開心嬉戲的遊戲，使他疲憊不堪。起初，他連站都站不起來，漸漸地他的雙腳有了力量，能夠站起來數秒鐘，直到最後，他漸漸能夠走動。他依然不知道我是誰，卻開始像過往一樣打翻家裡物品，也始終找不到他住的房間。

有次他說，洞要破掉了，快來幫幫忙。我翻遍他身上各處，怎麼也找不到他說的洞在哪裡。他生氣罵我笨蛋。我不介意，拿起桌上食物餵他。他開心地笑說，洞補好了。我突然會意過來。他知道要的是什麼，卻找不到正確字眼。他甚至不明白這一點。

一天，當我回到家中，爺爺不在家。我很開心，心想爺爺又回到過去那樣，到處走動了。到了晚上，爺爺沒有出現。我來到便利商店前尋找，每一間明亮便利商店，都未見爺爺蹤影。不管是沿著亮潔路燈，還是拐進陰暗窄小巷弄，都找不著。我開始擔心起來。一路上走走停停，掀開垃圾桶蓋、蹲到排水溝，就像是不小心掉落隨身的某樣東西時，那些可能與不可能的地方，都變成最大嫌疑。我帶著失望焦慮回到家中，一眼就見到爺爺專屬沙發上的身影，是父親，他疲憊坐著沉默無語。那模樣看起來，像是他也掉了東西，那東西甚至比我的還要巨大，大到他連找的力氣也沒有。

爺爺離開了，某天父親對我說。我不明白父親的意思，跟隨他來到住家附近的那一棵大樹下，樹旁沒有任何一具棺木，甚至沒有其他人，連母親也藉故要辦女孩離開的相關手續沒有同行。

我想起曾經隱藏在這棵樹後面，偷偷跟蹤爺爺的那段時光。如今，樹幹無法再讓我隱身其中。

爺爺呢？我疑惑地問。

父親用一種很少有的輕淡口吻說，已經葬在這棵樹下了。

四周沒有鏟子，泥土堅實亦不鬆軟，表面雜草遍覆，不知名的小花昂首向天長著，枝梗抬得比我的頭挺直。

什麼時候？我感覺既悲傷又像是受到欺騙，沒有對父親咆哮，只是默默看著眼前這棵大樹。

星期日，你值班的那一天。父親看向遠方，淡淡地說。

為什麼不等我？我生氣地問。

我很抱歉，父親壓抑著語調不安地說，我必須這麼做。

許久都沒有人再開口說話。

走吧！父親轉身準備離開。

你看見爺爺了嗎？

父親停頓良久，背對著我說，我親手把他埋葬了。

父親離開後，我獨自坐在那棵樹下，父親稱為爺爺墓地的地方。沒有墓碑，當然不會有墓誌銘。如果有，會刻印些什麼？我隨意拾起一根細棍子，在地上胡亂畫寫，不知道寫什麼好。

自從爺爺離開後，父親也跟著改變了。這就像是在樹蔭下，坐著很長一段時間也會出汗，特別是在夏天。流在身體裡的汗，除了自己之外，只有離你最近的人看得見。父親刻意隱藏的悲傷，在他望著窗外時流露出來。但他凝視的窗外遠方，不是爺爺被種植的方向。沒有人給他安慰。那時的母親正開心地將整個家具換新，尤其是爺爺經常坐的那張坐墊早已經凹陷的沙發，她沒瞧上一眼，便讓工人搬離丟棄。迅速將沾了污漬的牆漆成乾淨的白色，爺爺曾經留下的痕跡一瞬間跟著消失了。不久，爺爺房間的牆面也被倏地敲掉，與父親的房間合併後變得格外寬敞，室內也被母親裝潢得更加豪華。

重新妝扮過的家，連一張爺爺的遺照也沒有。爺爺突然間離開的事，至今我都不明白。我悶悶不樂，不停地觀察醫院裡其他人離開的方式，想找出爺爺離開的原因。我漸漸不再和父親或是母親說話，連視線也盡量避開。家裡總是靜悄悄地，只有時鐘滴答滴答滴答鎮日響。一只時鐘陪伴父親度過一日復一日，清晨到黃昏逐步延伸成清晨至清晨。

望著父親背影，我想起剛才在安養院裡見到的背影。也許世界上所有老人的背影都一樣。這時電話突然響起，珍打電話進來，有一個老人剛過世，空了一張床出來。

幾天以後，我領著父親往外頭走。

陽光明亮舒服是適合出門的天氣，我對父親說，父親沒有回應，只是默默任由我攙扶走出家門。

你要把他帶到哪裡去？母親從屋裡衝出來說，趕快把他帶進來，他受不了外面刺激。

他是我爸爸，我來照顧他。我不理會母親，繼續扶著父親往外走。

母親突然返回屋內，直到我關上車門正要駛離，她又突然趴在我車窗，手拎一只旅行用的袋子，鼓脹飽滿。我搖下窗戶，推開母親推掉旅行袋。

全部是他的東西，他用得著，母親喊著。

我踩踏油門全速駛離。從後視鏡看過去，母親拎著那只旅行袋追在汽車後面。直到車子轉彎後，她就完完全全被甩開了。

父親站在養老院門口遲遲不肯進去。我推了推他，最後使勁把他抱進輪椅推到專為他佈置的房間。房間裡的擺設，原是應該被母親丟棄等待垃圾車載走的物品，我不經意發現了它們，並偷偷把它們藏起來。現在，全都聚集在這，與父親一起。

不管我如何勸說，父親怎麼樣也不肯躺到床上。珍立即說，不然我先帶你們到處參觀，順便介紹一些人讓你們認識。

珍的話剛說完，父親立刻從輪椅裡站起來。我們以為他要走出去，沒想到他隨即躺在床上再也不肯下床。

你不想要去認識其他人嗎？珍問父親。

父親悶著一張臉不吭一聲。

這樣也好，我想他也累了，珍說，以後再慢慢認識其他人也不遲。

安置好父親並辦妥養老院相關手續正要離去，我又看見那個熟悉的背影。珍尋著我的視線看過去，她說，上次跟你提的老人就是他。

還沒有找到他的家人？我問。

沒有，珍說，這裡很多被拋棄的老人，我們誰也沒辦法。

我刻意走向前去，驚訝地看著眼前的老人和爺爺長得幾乎一模一樣，只是更瘦弱了一點。老人完全無視我的存在，目光停在我看不見的地方。

我想要看那個人的檔案，我激動地指著老人的背影對珍說。

珍猶豫著，不知道該怎麼拒絕我。

當我打開檔案時，父親的名字出現在家屬欄位，地址卻是我所不知道的。發現這個祕密後，我既激動又興奮跑去抱住爺爺，那個原本已經被父親埋葬在大樹下的爺爺，體溫還是一樣溫暖，還是和以前一樣沒有認出我來。這無關緊要，證明他沒有改變，只是看起來更老了，老得我差點錯過了他。經過我稍略解釋，珍才恍然大悟。父親在珍的面前也變老了，老得連珍也認不出他當初孝子的形象。

幫爺爺辦完離院手續後，我們準備離開，珍問，要不要去跟你父親說一聲？

我看了爺爺一眼後說，不用了，明天我會來看他。

如果你一個人應付不來，可以再把他送過來，珍送我們到門口時看著爺爺說。

我舉起爺爺的手，教他揮手向珍說再見。

兩人同行有優惠喔！珍也揚起手道別，然後用一種開玩笑的無奈口吻說，不然我又多了一張空床了。

爺爺坐在輪椅裡，依照我的方式揮手。大概是陽光特別明媚的關係，我和爺爺心情都很好，但我們都沒有笑出聲來。安養院門口一個人影也沒有，我們靜靜站在那裡等待，彼此都沒有說話。直到第一個行人走過，爺爺才露出笑容。我們跟在他後面往前走，在第一個遇見的轉角處拐入巷子，巷弄愈窄輪椅的速度愈快，快到幾乎就要領著我們的笑聲飛揚起來。

迎著風我對爺爺說，要不了多久，家裡的房間就會空出來了。

體式接收器

剪刀迅速剪開她身上的白色護士服，圍繞在她身旁的人靜靜看著這一切。原來白色護士服和其他各類材質、各種顏色衣服一樣，不須稍加力道就能輕易剪開，從此與一個人的身體無關。被剪開的黑色內衣褲、醫療型彈性褲襪，連同大片破碎護士服被丟進垃圾袋。她裸裎的身體正面對著熟悉的人。一對乳房經年累月在地心引力牽制下早已經下垂，甚至還產生了副乳；微微凸起的小腹令身材些微走樣，濃密的陰毛雜亂無章往不同方向生長，白皙皮膚上也出現橘皮組織和龜裂，但這些瑕疵不會影響我和其他人的視線。即使已經昏迷，裸露的身體依舊吸引人的目光。這模樣，比她平時穿著制服時令人著迷？或者，我只是想要牢牢記住她現在的形象，在日後不斷提醒自己避免和她一樣面臨這種難堪。還好，她的眼睛被瘀青腫脹緊緊包圍，短時間內無法看清楚眼前一切。現在是什麼感覺，醒來後又會有何種心情？但依照昏迷指數及心電圖數據顯示，還需要一些時間她才會明瞭。給她多一些時間，她一定會醒過來。

我想會的，但我不敢保證。

替她換上藍白條紋衣服後，我望著她許久，周圍的護士沒有人發出讚嘆，甚至一點聲音也沒有，全都默默凝視她。穿上病人服的她，熟悉的臉沒有因為衣服樣式顏色而改變。但一切都不一樣了。

由我全程負責照顧她的這段日子，其他護士會在任何時刻丟下她們手中正在照顧的病患，走過來探望她。僅只是觸摸她臉頰，在她耳邊說說話，或是把她剛被翻拍過的身體，又再翻拍一遍。次專業醫療行為反覆不斷出現。因此她的醫療紀錄單，光憑翻身拍背這一欄，就比別的病人用的紙張還多。醫生重複更改他們立下的醫囑，使得治療方式變得繁瑣無常。這事，如果發生在其他病人身上，勢必惹來護士們集體抱怨。但大家樂此不疲地為她做。有時候，忙碌的醫生只能下午來探視她，還會遭來莫名憤怒眼神，好像被醫生多看一回病況就能好轉一些，多執行一項醫療措施病情就完全康復了。甚至破例讓她母親在最初幾天，幾乎是二十四小時守在她身邊。被剪破的衣物全部交到她母親手上時，她母親眼神專注凝視她，但抬眼見穿著白色護士服的其他人時，卻偷偷擦掉臉上不經意流出的眼淚。我盡量避免與她母親眼神相交，其他護士也一樣，儘可能在做完治療的同時，迅速離開她母親視線範圍。她目前的病況，與其他病患比較起來，稱不上最好但也不是太壞。實際上說來，與我每日照顧的其他病患沒有不同。病情都在掌握之中，只有微妙變化因人而異。

整整兩個星期過去了，來到她病床旁的人數愈來愈少。一開始，院長領銜的醫療團隊、送她進來的救護車司機、其他部門護士，甚至從別人那裡聽見消息的幾名清潔員，都不約而同來到她床邊探望。他們沿途與人打招呼並不時露出微笑，笑容裡隱含驕傲。在到達她床前那一刻，他們微笑的臉會適時轉換為悲傷。大部分在她生活中與她無關的人只出現過一次。唯有她母親，即使被醫院禁止二十四小時待在她身邊後，仍然每日每日出現在森嚴病房門口，等待會客時間來臨。

這裡有我們，妳應該回去好好休息，我說，並將手搭放在她母親披上隔離衣的肩膀上。

其他護士見到她母親，也總是會上前說上幾句，話題圍繞在問候鼓勵之類。其他再多也沒有了。她母親已經止住了眼淚。因為瘸了一隻腿，只能微微傾斜身體靜默回應緊握住她的手的人。

沒事的，她一定很快就會醒過來，他們說，然後帶著嘆息離開。

和平時不同，她母親主動揉一揉她的手，捏一捏腳，整理身上綁在一起的病人服，動作既輕快又有節奏，好像心裡正在哼唱一首歌。更多時候，如同獲得語言豁免權的各種話語，鋪天蓋地擊向她母親耳內。我只能拍撫她，並適時低語安慰。

曾經特別為她臨時組成的醫療團隊，在她床邊積極討論治療計畫，那時他們眼神充滿自信希望。如今，主治醫師身邊只有兩名醫師跟隨，住院醫師報告關於她的病況時，實習醫師則認真快速做筆記。主治醫師隨意翻閱病歷，表情嚴肅沒有留下任何醫囑便離開了。

等他們離開，我又再次掀開她身上的毯子準備擦洗身體。首先映入眼簾的是她乳房上方曾經被親吻過的痕跡，現在只剩下淡淡褐色。過不久顏色就會消失。留下這個印記的人，在她此刻看似平靜的生命裡出現過幾次。

我刻意將濕潤毛巾避開吻痕，試圖使它留在她身體上的時間長久些。

避掉插著中央靜脈導管的頸部，從肩膀滑向兩側擴散乳房，順勢托起綿軟豐潤乳房仔細擦洗下緣皺摺處。濕毛巾被皮膚吸乾後，重新放入溫水裡，水溫在強勁冷氣底下很快降溫，濕毛巾的溫度也跟著下降。顧不了溫度改變，我迅速擰乾毛巾擦洗她身體前面的皮膚後，單手支撐腰臀仔細清洗背部。壓在床墊上的光滑細白皮膚，留下些微泛紅印記。

溫濕毛巾再度停在她臉上時，我專注凝視她的樣貌。和初進來時相比，清瘦不少。蒼白臉龐上，一條透明管插在微開嘴巴內，纏在管徑上的白色膠帶連接貼在她的臉上。擦傷痕跡及大片瘀青，從她緊閉的眼睛周圍擴散到下巴。白色紗綳包圍覆蓋她光溜溜頭頂，由腦內延伸出來的細長管子接著圓形塑膠瓶。靜止不動的暗色血液躲在裡面。我估算流出的血液量，然後打開塑膠瓶倒出暗紅色污血。

一位護士經過，停下腳步走到她床邊靜靜望著。又一位護士經過停下來站在那位護士旁邊，她們同時看向她，彼此之間沒有交談。我正蹲在床中間，打開尿袋栓子讓黃色尿液傾流至尿壺裡，尿量不多很快就流光了。當我抬眼看尿壺刻度時，瞥見她們眼裡散發出來的光和她母親截然不同。過一會兒，她們也就離開了。

由她而產生的治療完成後，我來到隔壁病床。黝黑皮膚的中年男人陷在瘦小乾癟身軀裡。天花板上強烈白光，照射在覆蓋他雙眼的兩塊白色紗布上頭，白色膠帶黏貼低矮鼻梁和一條細長透明管從鼻孔鑽出來。我掀起濕紗布撥開眼皮，手電筒直射眼球，瞳孔在光的強烈照射下迅速縮小。光源離開，瞳孔又漸漸擴大。接著在他嘴唇上方、指尖等處用力按壓，掀開他身上的毯子觀察身體反應。呼吸器將氧氣打入他身體時產生的晃動，讓中年男人的手指微微顫動一下。

我把這些事項記錄在中年男人專屬病歷。病歷非常薄，這有兩個可能性，他非常健康只是突然來到這裡，或者，他其實已經多病纏身，證據存放在另外一間醫療院所。但根據我的經驗判斷，他屬於前者，只是用他從來沒有想過的方式。

當我胡亂猜想時，突然間中年男人的生殖器靜悄悄離開水平線直挺起來。勃挺的生殖器只是朝上站立卻沒有脹大跡象。由我的角度看過去，它與躺平的身體呈一直角，還不到完美挺直曲線，不那麼令人滿意的弧度，卻使人詫異。我看了許久，重新捏了捏他的四肢評估生理反應。被捏過之處，瘀青痕跡佈滿上頭，但肢體依舊沒有任何反應。

是我做夢吧？環顧四周，燈火通明，到處是熟悉的人，找不著任何鬼魅般人影。

我又捏了捏他大腿，甚至端來一盆加了冰塊的冷水，用濕冷毛巾敷在生殖器上。生殖器沒有變得癱軟，反而更加直挺脹大。

我懷疑他正在夢境中。一定還有夢，因為夢不需要用雙腳走動。是一場美麗的夢？與任何一個女子交歡，抑或是那位唯一還來到他床旁，不斷對他說話又領有婚姻證明書的女人。在他的夢裡，她像現在一樣整張臉堆積皺紋面容憔悴嗎？或許她看起來四十歲，剛生出的皺紋令人憂慮，但扭動的身軀像蛇樣的二十年華，熱情而有活力。那足以掩蓋任何瑕疵。又或者，她尚有三十歲勉強還能社交露臉的膚質，擺盪的身體卻如同五十歲女人疲憊緩慢。

我明目張膽般窺視，卻沒有人瞧向他。丟開毛巾，蓋上毯子。沉重的毯子將中年男人生殖器壓向一側，它卻遲遲不肯垮下去。我只能當作一切都沒有發生。微曲雙腿，我用身體力量將中年男人拉向自己，準備為他翻身。裸露的背面身體，因長期受壓產生褥瘡，分別在尾骶骨上方與腳踝處。暗紅傷口長在新癒合的紫黑傷口上，從遠處望去像是色素沉澱的乳暈與乳頭層疊在一起。檢查完傷口，我持續叩拍中年男人背部並且東一句西一句說著。

你今天是第幾天了？

不用擔心……

你太太女兒會一直來看你……

沒有人希望待在這裡……我知道，我也在這裡啊！

中年男人像是聽見我的自言自語，微微顫動。突然，呼吸器尖銳聲鳴響。我鬆開手，隨即中年男人側翻的身體跌回床上。心電圖上的血氧指數持續下降，我快速分離呼吸管，抽出喉頭內濃稠痰液。隨著痰液從細長管徑裡被抽出，我突然想起昨天凌晨在電視上看的綜藝節目重播。那個看起來既乾扁又瘦弱的日本主持人，長著一副齙牙臉蛋，在節目進行當中突然被一口痰哽住的畫面，很有娛樂效果。抽完痰接上呼吸管，血氧指數重新攀升回復正常數據。接著，中年男人的胸部隨呼吸器供給出來的氧氣慢慢起伏。

維持呼吸道通暢後，接著餵食牛奶。灌食空針與鼻胃管銜接後反抽，深褐色液體迅速積滿半根灌食空針。我把乳糜狀液體推回到他的胃囊，又倒入少許牛奶，提起灌食空針懸浮在半空中，手也懸著沒有任何托靠。牛奶順著細長管徑流入胃囊的速度很緩慢，即使手已經痠軟了，也會持續到最後一滴牛奶流光。少許清水沖洗管徑後，反折扣緊鼻胃管。固定的一餐就算是結束了。收拾器具時，我不小心碰撞了床欄，器具滑開，彎盆砸在他額頭上，但他沒有任何反應。我偷偷瞄向他的私處部位，那裡已經平坦一片。順手撿起落在他臉頰旁的彎盆和地上器具。鐵製器具碰撞在一起，發出清脆響亮。一直以來，我都在避免發出這種聲音。我離開病床，走到幾步距離的護理站洗手台快速洗滌器具，水流嘩啦嘩啦，與空氣裡許多不同的聲音交雜在一起。

遠處，不同護士拍打病患背部的聲音，有時急促有時緩慢，停頓一會，又開始重複剛才節奏。大部分病患都平躺在病床上，唯有中年男人另一側床上的小女生還醒著，她躺在標示為8的床位上，採半坐臥姿勢。緊皺眉頭壓住腹部傷口，不時露出疼痛表情。床與床之間的圍簾，阻隔了她的視線，她只能神情茫然看著站在床尾負責照顧她的護士背影。兩個正在交談的護士，偶爾發出很大的笑聲，但很快也被其他聲音淹沒。

洗完器具，我返回中年男人病床後方，將器具放在長形桌上晾乾時，發現白色藥包，我喃喃自語罵自己笨蛋，怎麼會忘記給藥？打開藥包，把幾顆白色藥丸丟入缽裡用力搗碎，叩叩叩聲音不斷響著。藥丸被磨成粉末後與少量的水攪和一同倒入灌食空針。混濁白色液體從插在他鼻腔裡的鼻胃管，以看不見的速度流進中年男人的胃。當藥物流入完畢，又沖了少許水，再次將鼻胃管與灌食空針分離，反折後隨意垂放在他臉頰上。

我站在兩床之間，看著牆上分別代表中年男人與她的7與6病床號碼。

一個數字代表一個人。

尖銳刺耳聲又從嘈雜的室內急促響起。其他護士們循聲看了一眼第七病床，又繼續各自談話。我匆匆關掉中年男人的呼吸器警鈴，響徹室內的聲音瞬間停止。一條水管般粗大管子，從呼吸器主機延伸出來，與插在中年男人嘴巴裡的氣管內管銜接。我熟練迅速戴上拋棄式手套，分離管徑，再將吸管般粗細的長條軟管，放入氣管內管抽吸痰液。唧唧唧的聲音和許多維持生命的儀器不間斷響著。

我曾經想過關掉病房裡所有的儀器，那麼，擾人的噪音就能停止。

躺在病床上的人，是不是也和我有相同想法？但我沒有，只是被動地選擇在能夠離開的時候快速離開。這一點我比他們幸運很多。當我這麼做後，很快地，第二天又能夠融入在這充滿噪音的環境中。

咽喉被刺激的中年男人，全身痙攣顫動，激烈抽動時身體背部彈離床面撞了我一下。我的心緊張地收縮一會，很快又恢復鎮定繼續抽吸痰液，熟練一如往常。黃白色黏稠液體，隨著間歇性抽吸不斷流入封閉式玻璃瓶內。瓶內裝盛透明清澈的水，漸漸變成黃色混濁液體。唧唧聲音停止，中年男人停止抽動身體後，我把分離的呼吸管與氣管內管銜接，哽在他喉頭的管子被用力牽扯，但他動也不動繼續仰躺著。

翻開病歷，在上面記錄護理過程。很快書寫完畢後，我走到床頭後面打開收音機。老舊收音機開關卡住，發出喀嚓聲。啪啪啪。敲打幾次，開關自動彈起，我再次按壓。喀嚓。我不停地調轉廣播頻道。談話聲、笑聲、音樂旋律接連響起。有時候收不到訊號發出嘰嘰嘰時，將天線往不同方向旋轉，又會再度傳來嘰嘰喳喳聲。喀嚓。我停止調轉廣播頻道，按下CD鍵。喀嚓。收音機嘈雜聲瞬間停止，卻傳來南無觀世音菩薩、南無觀世音菩薩……緩慢曲調重複唱誦。喀嚓。取出佛教專輯，換上另外一張CD。喀嚓。

流行音樂節奏迴盪在中年男人周圍，我隨著音樂哼唱，盡量壓低音量。等待交接班前的時刻，病房裡凝聚一種說不上來的氛圍。移動的腳步來來去去，有人的步伐踩踏得既重又沉，有人輕盈緩慢走動，也有人快步奔跑，從這一端到那一端。聲音忽遠忽近，偶爾唧唧唧尖銳聲音混雜其中。一位護士將病歷重重摔在桌上，發出巨大響聲。沒有人在意這聲音，但我覺得有點刺耳。急促拍打聲，在遠處第二十二病床附近斷斷續續響起，在整個鬧哄哄的病房內渲染開來。

嘈雜聲中，有人提議晚上去唱ＫＴＶ。不遠處有人扯開嗓子加入討論。

突然有人說，學妹還躺在那裡，怎麼會有心情去唱歌？

室內瞬間安靜下來，有幾隻舉在半空中預備拍打在病患背部的手臂，像是瞬間爆破的氣球，緩慢無力地落在病患身上。

難道學妹躺在這裡一天，我們就不去唱歌了？有人說。

福利金不是每個月都要報銷掉，又不能累積到下個月……又有聲音補充。

我沒有特別留意去唱ＫＴＶ的事。從去年實施每月員工減壓福利活動之後，我一次也沒有參與，不管唱歌還是吃火鍋、戶外烤肉。

現在，除了機器制式聲、腳步移動聲、物體與物體之間的碰撞聲，很長一段時間沒有護士開口討論唱歌的事。

有沒有人要寫交班本？護理長環顧四周打破沉默問。

站在護理站不遠處的一位護士大聲喊，幫我寫一下，第十五床明天九點送開刀房。

另外一位護士接著說，第八床明天轉病房，第九床明天做電腦斷層，還要會診胸腔科。

護理長寫完又扯開嗓子問，還有沒有人要寫交班本？

先是沒有人回答，突然又有人說，那晚上還要不要去ＫＴＶ？

當然去啊！有人回答。

我在病床之間來回走動。一轉身，又碰到了第七病床床欄，床被震動同時，中年男人的身體也跟著搖晃起來。這時，我又瞥見蓋在他兩腿之間的毯子微微隆起。突然我回過頭問護理長，第七床器官捐贈的事，到底還要不要再問一次家屬？

護理長尚未回答，一陣急促尖銳聲音再度響起。中年男人激烈顫動著身體，連接氣管內管的呼吸管脫落，我立即銜接兩條管子。噹噹噹聲音，從心電圖監視器裡急躁響起。心跳速率往下降落。噹噹噹聲夾雜在流行音樂裡，持續響個不停。周邊護士各自忙碌沒有人抬頭看一眼，直到我大聲喊ＣＰＲ。護理長推來急救車，一位護士也迅速趕過來關掉警鈴聲，然後走到護理站撥打電話。

過大的聲音，引來年輕女生拉開圍簾，她的視線越過我背影，瞥見中年男人像是沉睡中的臉龐。我不斷地做心肺復甦術，急促用力按壓使得肋骨瞬間斷裂。極微小的聲音卻能使人明顯感覺失去肋骨支撐保護的胸肺，按壓下去時塌陷無力。唐醫師不急不緩走過來接替我的位置繼續急救。我向他報告狀況時，視線落在中年男人的生殖器上。原本直挺的生殖器，不知道何時癱軟在兩腿之間。

唐醫師囑咐施打急救藥物的話語，被流行音樂吞沒，我再度確認，快速將針劑打入中年男人體內。

匆忙中，關掉正在播放的流行音樂時，我發現年輕女生面露驚恐，神情專注凝視中年男人。

我張開口，但沒有出聲地向她說，沒事。然後迅速拉上圍簾遮住年輕女生視線。等我離開，年輕女生禁不住好奇又偷偷拉開簾子。

圍繞在中年男人病床旁的護士，抬頭注視心電圖監視器。顯示在畫面上的心跳速率，像無風的海平面波浪緩緩流動幾乎成一直線。電擊次數不斷增加。電擊器釋放的電流試圖矯正心跳頻率，或許更大的企圖是想要攪亂死亡的降臨。

充到三百六十，唐醫師說。

電擊器上的旋轉扭調到360焦耳，兩個電擊板再次塗上一層透明膠狀液體，唐醫師雙手握住電擊板用拇指按下兩個電擊板的紅色充電按鈕，數字往上爬升到三百六十，唐醫師喊了一聲，離開，把電擊板往病人敞露的胸前按壓。圍在床旁的護士，同時往後退開了半步。

我趁此回過頭看著躺在第六病床的她，並低頭在她耳邊說話。人類最後消失的是聽覺，躺在這裡的她一定聽得見。一輩子都耳聾的人，最後消失的感官是什麼？也許我應該翻閱醫學資料，尋找答案。或許落在身上的視線，勝過語言勝過肌膚接觸。但此刻關注的眼神對中年男人來說毫無助益。中年男人的身體抽動一下後輕輕落回床上，唐醫師繼續為他做心肺復甦術。雙手重疊，手指互扣，手臂打直利用身體的力氣往下壓。但很長一段時間，心電圖上黑色細長波形沒有起伏。唐醫師雙手痠痛，瞥了一眼時鐘，用放棄時才會出現的節奏，持續做心肺復甦術，我也跟著不斷投予急救藥物。有人提起器官捐贈的事。過不久，心電圖上的波形突然跳動起來，急促巨大的波浪，一波又一波快速向前推進。

回來了，我說。

通知家屬，唐醫師說完轉身走到隔壁第六病床，沉默地看了她一眼，然後翻了翻病歷後離開。

一位護士將急救車推回護理站時，撞碰到第七病床，發出巨大聲音。床又被震動了一下，中年男人身體又再次搖晃。我急急忙忙往外奔跑到家屬休息室，除了鼾聲之外，聽不見任何聲音。床頭貼著數字7的單人木床板上，約莫十歲的長髮小女孩面對牆壁側躺在那裡。小女孩聽見腳步聲，轉過身望著我。

妳媽媽呢？我問小女孩。

小女孩緊張害羞，緊閉著嘴巴。

叫妳媽媽到加護病房來，我說完轉身離開。

家屬不在。踩著沉重步伐，還未走到護理站，便朝唐醫師大聲喊。

唐醫師抬頭看了我一眼沒回應，繼續低頭寫病歷。一位護士走到唐醫師旁邊問，晚上要不要一起去唱歌？

唐醫師還未回答，幾名護士就從遠處扯開嗓子起鬨，唐醫師請客、請客、請客、請客。

間歇笑聲交織其他聲音，從加護病房內四處角落響起。寫完病歷的唐醫師尷尬笑著，走向中年男人病床。新皮鞋踩在光亮地板上摩擦產生的聲音，顯得特別清晰響亮。天花板上的中央空調，像是突然開始運轉般轟隆隆響起。

門鈴聲響了兩次。一位護士按下對講機紅色按鈕，大聲說，有什麼事嗎？

護士小姐，我是陳太太。從對講機擴散出來的破裂聲，傳遍加護病房內。

哪一個太太？護士不耐煩地說，妳是第幾床家屬？

第七床，小女孩緊張稚嫩聲音，透過對講機微弱傳了進來。

喀嚓。加護病房金屬製厚重門緩緩打開，中年男人的太太反穿黃色隔離衣，手裡端著一只水杯走進來。在她後面，全身罩在過大隔離衣裡的小女孩露出一張臉，神色緊張畏懼，視線一直落在寬闊背影上。

掛上電話，我回到中年男人病床旁。中年男人的太太口中唸唸有詞，從杯子裡抓出水灑落在他身上。水滴落在他的短鬍碴裡、乾癟凹陷臉頰和身體各處。小女孩站在床旁，雙手緊緊握住中年男人的手，安靜地望著他。

我抱著病歷，默默站在一旁，從門外走進來的唐醫師也在等待中年男人的太太完成儀式。我們不敢貿然打斷，直到杯子裡沒有水，唐醫師才嚴肅地向中年男人的太太說明關於不久前急救過程。剎那間，中年男人的太太紅了眼眶，順著唐醫師手指方向看著心電圖。過了一會，突然趴在中年男人身上放聲大哭。

小女孩見狀，焦急害怕了起來，突然鬆開手問，爸爸已經死了嗎？

中年男人的太太沒有回應小女孩，獨自走到收音機旁按下按鍵，ＣＤ開始轉動的同時，愉快的流行音樂節奏在室內響了起來。中年男人的太太被這突來的音樂愣住，我迅速衝向前去，關掉音樂取出流行音樂ＣＤ換上佛教音樂。

南無阿彌陀佛音樂響起的同時，小女孩的手指頭正往中年男人緊閉的眼睛上按了一下。

就這一瞬間，室內又響起尖銳刺耳響音，聲源來自第六病床。小女孩被嚇住，以為自己觸動了某種開關，她趕緊退到母親腿邊。中年男人的太太回頭看了一眼，又自顧自地刻意壓低聲音哭了起來。我隨手將病歷丟到中年男人身上，匆匆忙忙跑到第六病床。夾在病歷裡的醫療單張散落開來，年輕女生與小女孩同時瞥見掉落在中年男人身上的器官捐贈同意書。

妳把那張紙給我，年輕女生對小女孩說，然後就像我對她做的，她也無聲地對小女孩說出，沒事。

躺在第六病床的她，心跳突然下降，血壓也幾乎量不到。病房內所有護士都放下手中工作，圍在她病床旁著急得像是新進護士，在慌亂中替她施行心肺復甦術。有人流下淚來。首先哭出來的護士迅速離開，接著又有護士離開。我紅了眼，卻不停施打急救藥物。不久，心跳速率回復。護士們緊縮的情緒還未恢復，她母親跛著腳急急地走進加護病房。人還未走到她的病床前，哭聲卻先傳了過來。

聽見激烈哭聲從病房裡傳開來，年輕女生與小女孩分別回頭，從聚集中的人群縫隙間望著她。中年男人的太太也趁抽吸鼻涕空檔瞄了一眼，隨即遮住小女孩的眼睛說，不要看。

小女孩急忙移開視線回過頭，另一隻手重新緊握住中年男人的手。

這時，夜班護士陸續抵達，遠遠地就看見一群人圍在第六病床旁。當她們走近，見她床邊擺放急救專用設備，便立刻知道她離死亡很近了。經過她身邊時，每個人的心頭都緊縮了一下，停下腳步倉促望一眼，很快又低頭離開。唐醫師離開後，原本圍在她旁邊的護士也紅著眼眶離開。她的母親不願意再離開，默默坐在一旁落淚。

我陪在一側，靜靜看著她的臉龐。她躺在那裡像一盞強光，即使眼眶被淚水佔據模糊了，或企圖別開臉，仍能感受到她曾經微笑的樣子。但我內心知道，清楚而明白，再也逃避不了即將面對的結果。

交接班完畢的護士們，又再次討論在KTV要唱些什麼歌曲。她們夾著歡笑聲陸續離開，經過她床旁時笑聲瞬間停止，腳步聲急促快速遠去。

一位換上便服的護士經過我身旁時問，還不走嗎？

我神情專注，沒有聽見。穿便服護士又再問了一次，要一起去唱歌嗎？

我動也不動坐在那裡，繼續望著她。

我們還能為她做什麼？我問穿便服護士。

穿便服護士突然表情凝重嚴肅思考起來，然後搖搖頭說，不知道。

我決定私底下替她舉辦一場告別會。發了幾通簡訊到每一位護士手機中，等待深夜時刻來臨。我不確定認同我的做法的人有多少，或許一個都沒有，或許只有我一個人。

出乎意外，幾乎每一個原本要去ＫＴＶ唱歌的人都出現了。每個人都刻意精心打扮過。

請穿上死前妳最想穿的那件衣服。在發給每個人的簡訊裡，我這樣寫道。

我死前不想穿著護士服，值班中穿著白色護士服的護士有人這樣說。

其他幾名穿著白色護士服的護士，有人表示贊同也有人表達無所謂。看得出來，大部分的人都希望盛裝赴死。

當所有人都圍在她身邊後，我關掉她病床上方的電燈，並發給每人一把筆型手電筒代替蠟燭。光源全部射在她身上的藍白條紋衣服上。我開始褪去身上所有衣物，裸露著身體面對著她。在場的人都被我突來舉動嚇住，彼此互相看了一眼，陷入不知所措的窘境。跟著脫下衣服的是與她同期進來的護士。要不了多久，每一個人都一絲不掛裸露自己身體，卻又不時用手遮掩胸脯，或夾緊雙腿避免過多毛髮露出來。眼神偶爾相遇時，也只是尷尬微笑，隨即又低下頭去。昏暗中，大家都刻意避開燈光，只有她獨自發亮，躺在小小毫無遮蔽看起來像是開放式棺材的長形病床上，驕傲地面對著我們。

四周都被簾子圍住，頭頂上方的冷氣不斷吹過每個光裸的身體。手中燈光搖搖晃晃。應該說些什麼，卻遲遲沒有人開口，只是沉默參與對方一寸一寸地從這個世界上消失。在彼此還沒有真正消逝的時候，突然，監視中年男人生命徵象的儀器響了起來。值班中的護士裸著身體跑出圍簾，想起光溜著身體又趕忙回到簾內穿起護士服。其他人也尷尬撿起地上的衣服穿上，匆匆離開醫院。翌日，空出的第七病床已經不見中年男人身影，年輕女生也轉到普通病房。連續兩張無人躺臥的病床，在加護病房裡顯得突兀。沒有人停下腳步，站在她的病床旁凝視她，沒有人再對她說些什麼話。我也沒有。

人體產房

一開始，雪落得緩慢，一層白色薄雪零散鋪蓋灰黑柏油路上，樹上還見不到雪花掛在上頭。人們好奇興奮迎接這場雪。平時無人的公園，停滿ＳＮＧ新聞車，攝影師肩上扛著攝影機，爭先恐後拍攝雪地裡追逐玩耍的人群。擁擠的人群像夏日裡的雪花冰上，撒滿密密麻麻黑芝麻。人們抓起地上的雪，在鏡頭前開心地笑。一些孩子，將和著泥土的小雪球抓起，往同伴丟擲過去，彈散的雪花打在攝影機上，攝影師沒有生氣，反而跟著孩子們大聲笑著。嬉笑的聲音，使得周圍空氣瞬間暖和起來。

後來，雪已經連續下了幾個星期，還沒有停歇的跡象。雪降落的聲音愈來愈大。沒有人知道這場突如其來的大雪，將要下到什麼時候，更沒有人知道為什麼亞熱帶島嶼會下起厚重的雪來。

我裹著厚厚毛毯躺在客廳椅子上，不斷冒出來的冷汗滑過臉龐。間歇性不規則收縮伴隨呼吸，從身體內部擠壓出來。稍微緩和的片刻，我不安地側了側身體，抬眼看向窗外。幾個小時以來，窗外景致沒有任何改變。白茫茫一片。

我又開始感覺隆起的肚子正在急速向下沉墜。沒有疼痛感覺的墜落方式，讓我以為是不規則子宮收縮，影響我對周遭認知的改變，直到透明清澈的羊水，從陰道裡滑過大腿內側流了出來。大部分羊水被吸進裙子或毛毯裡，但我仍感覺得到濕冷。

我動也不動繼續躺在那裡。

如今唯一要做的是到醫院。醫院在三公里外的地方，平時那裡人滿為患，到處是來回穿梭不停的醫生、護士和不曾減少的病患。誰也不想躺在那裡，就像現在的我也不想只是這樣躺在家裡等待。在這之前，我是那間醫院加護病房裡整日忙碌不停的護士。協助醫生插氣管內管，讓暫時呼吸停止的病患延續生命。有時候，正在使用人工呼吸器的病患，心跳突然停止，我會立即給予心肺復甦術，直到醫生到來或是病患死亡。

儘管已經學會急救醫療技術，但我卻不知道怎麼幫自己生孩子。

當我還是一名學生時，曾經在實習教室裡見過生產過程。躺在床上扮演產婦的是一具塑膠製人體模特兒，安妮是她在各個實習教室裡共通的名字，至於扮演安妮嬰兒的塑膠娃娃叫什麼名字，怎麼也想不起來。安妮身上各處關節，可以上下左右任意擺動。那時候，一群女學生圍在老師身旁，注意力卻集中在安妮身上。當女學生們吱吱喳喳相互討論生產會不會痛時，我曾經試圖撫摸扁平肚皮，想像隆起肚子裡面裝著一個嬰兒的感受。

無法體會，是當時唯一感覺。

老師拿著假嬰娃，放入安妮身體內變化各式各樣姿勢。從縱產式、橫產式、斜產式，再深入講解到先露部位異常的面產式、額產式、肩產式和臀產式。

每一次假嬰娃從安妮光禿禿的會陰部裡，用不同模式鑽出來的那一刻，我總是下意識閉上眼睛，原本亂哄哄喧譁的教室，頃刻間也會安靜下來。除此之外，關於嬰兒誕生的記憶，是網路上散播的生產過程影像。由於畫面一開始就過於真實，如同親臨現場，令我不敢直視。但那便是我見過最貼近生產的畫面。

室外寒冷氣溫不斷由門縫、窗縫滲透到屋內。我將鬆開的毛毯重新緊裹住身體，沾濕的毯子卻冷得令我直打哆嗦。此刻唯一讓血液有溫熱暖度的，是嬰兒在我身體裡加速焦慮的心跳律動。看起來像是一座安靜沉穩山丘的隆起肚子，其深沉底部正一步一步逼近撕裂，像活火山蠢蠢欲動。我又擦掉額頭上朵冒的汗滴，輕輕拍撫肚子四周，像是安撫肚子裡的嬰兒。我繼續等待，一句話也說不出來，連呻吟的力氣也沒有。

電視聲音斷斷續續傳進耳朵，畫面上已經看不見降雪的消息，新聞也不再做深入報導。先前，風雪漸漸轉強時，電視新聞裡攝影師與胖記者穿著雨衣冒著風雪守在雪地裡訪問零星外出的人。

很新鮮很浪漫，一對學生情侶裹著厚重衣服，面露微笑開心地對著鏡頭說。

我趕捷運，拎著公事包的上班族擋住鏡頭匆匆地說，只要捷運能通行，不管下多大的雪都沒關係。

後來畫面來到一間住家附近。

我活了七十幾年，從來沒有看過這裡下雪，老人回答同時，赤裸的雙手繼續挖著堆積在門前的雪。

攝影師將鏡頭朝向老人，直到他進入屋內。門前剛鏟除的雪，不久又被其他的雪填滿。

這些畫面再也見不著。如今，綜藝節目替代新聞實況轉播，重複播放過去錄製的畫面，有些電視台甚至被粗糙的顆粒佔據，連個具體影像也沒有。

關掉電視畫面同時，門被推了開來。小安摘下帽子，露出臉上蒼白僵硬的表情，他拍去身上雪花，來到我身邊。偌大雪片在他身後飄落下來。看著在室內降落的雪，一陣不規律協調的宮縮，又再次從我身體內部傳送出來。不同頻率的子宮收縮，將肚子裡的嬰兒一次又一次從身體內部往下擠壓。每一次，都讓隆起的肚子瞬間變硬，並且在腹部周圍產生強烈腰痠感。但卻一點疼痛的感覺也沒有。我擔心，生活在黑暗子宮裡的嬰兒，在羊水慢慢流失的時間裡，是不是還蜷曲著身軀，忘記要伸一伸胳膊和腿。

小安向我描述外面情況後，兩人瞬間落入沉默。連不知道用什麼樣姿勢躺在羊水裡的嬰兒，好像也停止了活動。我不知道該怎麼回應，此刻整個腦袋一片空白，轉過身抹了抹窗戶上的霧氣，窗外大雪紛飛，遮蓋住遠處公園、兒童遊戲區。以往，從窗戶望出去，綠色蒼翠樹群挺直在草地上，兒童在那附近嬉戲，每個人臉上都掛著笑容，偶爾有人大聲哭泣，他們的母親給予擁抱後，很快又帶著笑容追逐嬉戲。

在我懷孕期間，常散步到公園坐在長椅上，讓肚子裡的嬰兒聽聽世界上其他孩子的聲音。如今一個人影也見不著。

大風雪在驚慌情緒從人群濡染開來之前，便強迫人們關緊門窗待在家中。厚重積雪幾乎將道路、房子、樹幹覆蓋得看不出原來面貌。分離切割城市建築物的地平線被大雪佔領。天空與大地沒有邊界。大多數住在高樓裡的人，只是無奈地看向窗外，看著其他人的房子門前被積雪堵住推也推不開。有些連窗戶也被淹沒。馬路上的車子，像是孩童恣意玩過後便不再收拾的玩具，隨意停放。沒有人在意車子會不會被拖吊。

在這個從來不曾降雪的城市，連一部鏟雪車也找不到。在大雪開始連續降落，道路交通漸漸受阻時，政府官員透過電視報導，表達已經從其他國家訂購很多鏟雪車。很快就會抵達。但連續下著大雪的島嶼地區，機場、港口是兩個唯一通往世界各地的出入口，根據電視台報導，各個機場的飛機都已經停飛，港口也因為風雪關閉了。

為了讓肚子裡的嬰兒順利生下來，小安決定離開屋子到醫院。再也不能待在屋內，毫無目的等待下去。然而，要到醫院去的唯一辦法是走路。三公里的距離，在晴朗天氣裡約莫一小時可抵達，即使颳著風下起雨，頂多也只需要增加一倍時間。但在大風雪裡需要多久腳程，實際上無法估算出來。沒有人知道路途中會遇見什麼狀況，但小安堅信若一步都不踏出去，則永遠也無法到達醫院。我既擔心又焦慮，卻只能無奈地同意他的決定。

踏出家門之前，小安再次嘗試撥打電話到醫院。醫院電話線路全部癱瘓，連平時最不悅耳的嘟嘟嘟聲響也聽不見。懷抱的唯一希望，再次令人失望的同時，在我工作的加護病房裡，被大雪困住的其他護士也陷入困境。她們不眠不休工作，已經很長一段時間了。自動縮減人力，主動增加工作負荷量。唯一閒空的一張病床，被當作彼此輪流休息的床。床上有時候擠著兩名護士。曾經有位護士在疲憊狀態下，誤把躺在上面的護士當作病患，替她翻身並用力拍打背部，沉睡中的護士驚醒過來立刻彈跳到床下。更多時候，躺在病床上剛入睡的護士，會在尖銳刺耳的機器鳴響聲中驚醒過來。有一位護士，在響徹的警鈴聲中被驚醒過來後，寧願帶著疲憊身軀繼續工作，說什麼也不願意再躺回到那張病床上。她深刻體會其他患者的感受。

此時此刻，她們的內心都盼望著同一件事，在最短時間內，有其他人來替換交接班。

隨著外面風雪愈來愈大，她們懷著的希望變得更加渺茫。封閉在獨立空間的加護病房，對外面的一切詳情所知不多。風雪剛開始轉變時，來醫院探視病患的家屬在訪客時間裡為她們帶來最新消息。漸漸地，病患家屬被風雪隔離在醫院外頭或其他任何地方，因此當他們的親人去世時，也無法見到最後一面，最終只能任由醫生護士們自行處理。

口耳相傳的消息在各層樓間流轉。今天聽到的消息，在後天重複被播放一遍。隨著時間流逝，人們已經不確定哪一次的說法才是目前最新發展。

或許護士們對於事情的真偽，根本不在乎了。她們與那唯一在大雪最嚴峻當天值班的可憐住院醫師，也是用一種假裝的方式形成三角關係彼此鞏固。

住院醫師假裝行醫，護士們已經很久不敢吵醒疲憊昏睡中的他。護士看起來像是忙碌地照顧病患，實則被倦意襲擊在病床旁打盹，總要連接在病患身上的監視器警鈴大響過後，才從夢境裡逼回到現實。機械式的習慣性手法，讓她們醒來第一個動作是熄滅警鈴聲，而不是先看看病患到底發生什麼樣的危急狀況。也許躺著的病患也不需要護士們特別對待，反正他們全都是睡著模樣，安靜地躺著。儘管周遭的聲音像風雪般亂哄哄地響，這裡的人卻已經疲憊得聽不見任何聲音。

風雪仍然繼續飄落，小安攙扶著我往屋外走。情況比想像中困難。在像畫一樣的雪白世界裡行走，頓時覺得日子從來沒有過得這麼慢，也從來沒有這麼艱辛。積雪將我們圍困在同一條道路上，脅裹著我們前進。當我們注視著雪時，它又像是某種不可逾越的障礙物一樣，擋住了我們視線。

天空也好不到哪裡去。灰濛濛的，既不像平日裡塵土揚起的灰，也不像日落後從遠方天空漸漸掩蓋而來的黑，而像是一團沉重灰黑物體，從上往下向我們壓下來。宛如鉛球急速拋向我們，不偏不倚正擊心臟般，壓得我們都喘不過氣來。

行走的速度一分鐘比一分鐘慢，雙腿幾乎卡住動彈不得。小安抱著我汗涔涔走上一段路後，累得將我放到雪地上。就算被厚實棉被包圍住身體，雪的冷度仍然穿過厚衣棉被直達心臟。小安擔心我受不了寒冷，更害怕肚子裡的嬰兒承受不住風寒，重新將我從雪地上抱起來，往回程的路走。

你先放我下來，我們已經不能走回頭路了，我說。

雙腳剛踏在雪地上，一陣宮縮強烈且急促地向我襲來。我趕緊護住隆起的肚子，卻失去重心整個身體往前傾，並重重地摔趴在雪地上。

會不會痛？小安緊張地問。

我搖搖頭。不僅摔倒在軟綿雪地上的身體不會痛，連宮縮時應該伴隨而來的陣痛，到現在也未曾感受到。

沒有疼痛感的強烈急促宮縮，是不是顯露嬰兒沒有生命跡象？我無法確定。焦急地站起身繼續往前走，每一步都盡量跨大步伐，想要盡快到達醫院。然而踩出去的步伐卻愈來愈慢，間距也逐步縮小。在鬆軟綿柔，誰都還沒踩過的積雪裡行走，每一步都需要花費相當大力氣，才能將深埋在雪裡的腳抽出來往前再踏一步。有時候，雙腳踩在失修已久的窟窿洞時，身體便會瞬間傾斜。此時，天空或前方景物也會跟著傾斜。

鞋子和衣裙下緣已經濕透，腳程一直無法快速起來。小安再次攙扶著我走上隆起的雪堆，途中我已經堅持不住了，像滾圓球遊戲般從雪堆上滾下去。小安來不及抓住我，跟著滾落下去。

當我們都仰躺在一棵白色行道樹旁時，兩人已經累得無法再往前跨進一步，任憑身體癱軟在雪地裡。我們都太疲憊了。短短三公里路程，卻像在無垠沙漠上不著邊際走著。長途跋涉的腳程裡，見不到任何人，連狗吠聲也聽不見。無聲的世界讓人喪失方向。我環視四周，剛踩踏過的足跡已經被雪淹沒。再次試著重新站穩身體往前跨進，身體卻不聽使喚再度跌回雪堆。小安默默把我抱起來，走了幾步路踩了空，兩人又摔倒在雪地上。仰視的天空顏色，灰濛中有一點明亮，我巡視周圍矗立的樓房，試圖尋找一處避風雪的地方。

大風雪中，直達天際般的辦公大樓裡，攝影師與胖記者被困在那裡。狂飆的風雪，讓他們很長一段時間沒有離開這棟建築物。

一台望遠鏡立在窗邊，兩人輪流透過落地窗望向遠方。除了白色的雪之外，什麼也看不見。大部分時候，胖記者總是在轉動收音機，從收音機裡傳出來的聲音除了吱吱喳喳外，偶爾能夠聽見音樂聲，但很快又淹沒在訊號微弱雜音裡。他們也會輪流到樓下流行音樂頻道電台當ＤＪ。錄音室裡，同樣被困在風雪中的ＤＪ王，讓唱盤不停播放的時間愈來愈長。口乾舌燥聲音沙啞，讓他幾乎說不出話來。電台裡，所有能夠潤喉的產品都已經用完，連食物也快要吃光了。

收音機裡根本聽不見你的聲音，更別提你播放的音樂了，攝影師強調語氣說，根本不會有人聽見。

無所謂，反正都被困住了，ＤＪ王更換另外一張唱盤時聳聳肩膀說。

攝影師離開，回到新聞辦公室望向窗外。在他眺望卻看不見景物的方向，是一間坐落在市區最熱鬧場所的牙科診所，黃色招牌燈光在風雪中微微亮著。年輕護士坐在牙科診所裡，百般無聊看向窗外。雪地裡，兩個黑色物體似有若無移動。移動得很緩慢，以至於一時之間讓她無法確定移動中的黑影是人，還是其他動物。年輕護士離開窗邊，走到躺在電動診療椅上的牙科醫生旁，說了幾句話後又回到窗戶旁。

黑影往前移動了一點，但從她的距離來看，又像是沒有任何改變。過不久，原本分開的小黑點變成稍大的黑團。她想看得更清楚，使勁擦拭窗戶上霧氣。由於風雪太大，能見度降低，年輕護士緊貼在窗戶上，仍舊無法看清楚那一團黑影到底是什麼。

雪地裡好像有人，年輕護士疑惑地回過頭對牙科醫生說。

這麼大的風雪，只有流浪狗才會在街上遊蕩，躺在電動診療椅上的牙科醫生閉著眼睛說。

會不會有人困在雪地裡？年輕護士問。

這種天氣，不管是誰叫我出門，我都不會出去，牙科醫生冷淡回應。

年輕護士繼續趴在窗前望著那團黑影時疑惑地想著，連醫生都不想出門，那麼有誰還會冒著風雪出來看牙齒呢？

這時，我們找到一處騎樓躲了進去，小安脫下身上大衣裹住我的身體後離開。他忍受著寒冷蹣跚走了一段路，整條馬路邊上的房子，都是以辦公為主的商業大廈。平時擁擠的人潮，連好管閒事的守衛也沒看見。小安往前走了一段路後回頭，除了茫茫風雪之外什麼也看不見。他心裡著急，腳步卻愈走愈沉重。有些積雪的高度到達腰部，使得他行走的速度也受到了阻撓。忽然，他看見一排被雪堆滿屋頂的老房子。城市裡的老房子看似親近，實則以隱密隔絕為主要基調。沿著房子低矮圍牆旁的積雪走過去，近看每間房子都被鐵窗鐵門深鎖，像冬季來到動物園，只見柵欄不見冬眠中的動物。他想敲門，但門早就被積雪堵住。彷彿是明信片上的美麗風景，人們不需要進去也不需要出來，就只要被觀看。看起來像遭到遺棄的房子，一個人影也沒有瞧見。

一隻全身濕透的白色小狗蜷縮在屋簷下，身上被雪覆蓋。牠突然站起來搖晃到小安腿邊，聞了聞小安。白色小狗模樣瘦弱，看起來已經多日未進食了。小安蹲下身抱起白色小狗摸摸牠的頭，拍掉牠身上雪片。白色小狗乘機舔著小安的手，尋找食物般聞著小安身體。小安沒有什麼東西可以給牠。只好放牠下來，繼續往前走。白色小狗安靜地跟在旁邊，不時低頭嗅聞雪地裡的味道。什麼味道也沒有。連狗也聞不到氣味的城市街道，只有靜靜無聲的寂寥圍繞。

小安繞了一大圈，沮喪籠罩住心頭時，卻發現轉角處不易被察覺的角落，黃橙色招牌微微亮著燈。那是他今天在這城市裡看見的唯一一盞燈。被純白的雪蓋住的牙科診所招牌，在鉛灰色調天空中，像燈塔般透著明亮與希望。他著急興奮朝那燈光方向跑，一路跌跌撞撞，途中，兩條黑狗不知從哪裡鑽出來衝向小安。牠們看起來兇狠飢餓，小安拿雪團丟向牠們試圖驅散。白色小狗害怕地緊跟在小安腳邊，兩條黑狗也遠遠地跟在後頭。過了很長時間，終於抵達轉角處的牙科診所。

夾在高樓矗立之間的牙科診所，門前的雪堆積的高度只在小安小腿肚上方，他輕易地跨過去，急切地敲門，不停地敲門。診所內牙科醫生被聲音驚醒，睜開眼望向大門入口處。用盡全身力氣拍打診所玻璃門的小安，在年輕護士開門的剎那間順勢跌了進去。沿路跟隨的三條狗突然吠叫。年輕護士被狗吠聲與趴在她腳邊的小安驚嚇住，不自主地跟著尖叫起來。

牙科醫生來到門前，小安從地上站起身，激動地對牙科醫生說話。牙科醫生摘下眼鏡，擦拭鏡片上厚重霧氣。小安拉住牙科醫生的手，眼神不安提高聲調繼續說。牙科醫生搖搖頭，甩開小安的手。診所的門瞬間砰一聲又被關上。小安腦袋一片空白，緊張地重新敲著門。然而門怎麼也不再打開。他心急如焚對著大門喊叫。門急促地被敲打了許久，年輕護士的臉龐終於又從門縫裡露出來。小安立刻將腳跨入門內，防止玻璃門再次被關上。年輕護士推開小安，想用力將他推出門外。小安像石獅子般動也不動立在門邊不肯離去。年輕護士無奈地轉身進入診所內。小安突然衝進室內，像猛獸般撲向躺在診療椅上的牙科醫生，將他強行拉向屋外。來不及反應的牙科醫生，穿著薄襯衫迎著強勁風雪。他試圖反擊，雙手卻被小安緊緊扣住。年輕護士跟在後面試圖阻止小安，耐不住寒冷旋即又回到診所內，冷風順勢從門縫灌進室內。太冷了。牙科醫生打著寒噤用強硬態度拒絕小安。兩人僵持著。小安意識到自己的行為過於粗魯，突然鬆開手，眼神卻冷峻地看著牙科醫生。

此時，在我周邊，風雪愈來愈濃烈如同鬼魅般，讓四周整片白色世界看起來毫無生命跡象。雪片不斷飄下落在眼睫毛上，使我看起來就像原本倒塌在雪地裡的雪人。斜躺在騎樓下角落，雙腳被飄飛的大雪淹蓋，周圍一切好像也跟著入睡。當我睜開眼時，小安剛好回到我身邊。一路上，只有白色毛髮濕淋糾結的小狗與遠跟在後的兩條黑狗緊緊跟著他。小安的表情露出了答案。我用盡最後力氣支撐起身體，卻一點力量也使不出來。小安一股作力將我抱起，跨起步伐往前邁進，小狗亦步亦趨跟在後面。四周寂靜無聲，只有大大小小腳印不甚整齊留下，不一會又被雪覆沒。

像是剛從海裡泅泳上岸般，一身衣裙都已經濕透，分不清是來自外在濕冷的雪，還是體內僅存的羊水。橫躺在小安懷裡，映入我眼簾的世界跟著變得不一樣。我無力地看向遠方，一棟棟白茫茫景致裡的高樓大廈，重重壓在視線上。

視線盡頭的大樓裡，攝影師正在轉動收音機。

胖記者拿著望遠鏡看向窗外，白茫紛飛的大雪裡，隱約看見人的身影。但他卻又不是那麼有自信。

你看那團黑影是什麼？胖記者說。

攝影師接過胖記者手上的望遠鏡，順著他手指的方向，望著雪地裡的黑影。點綴在白色雪景如黑點般移動的身影，有時候被堆高的雪遮住時，會從攝影師視線裡消失，過不久，又會從另外一堆雪堆裡露出來。攝影師移動望遠鏡方向，又發現黑影後方突然出現了另外一團黑影。攝影師持續望著他們，直到黑影團愈變愈大，最後變成人的影像。他抓起桌上攝影機衝出去，胖記者還來不及反應，也隨手抓了相機快速跟了出去。

到處是冰雪覆蓋的道路，令牙科醫生吃了不少苦頭，他花了一些時間終於追趕上了。

當牙科醫生抵達的那一刻，我繃緊的神經像是突然鬆開般，身體癱軟在雪地上。因長時間維持同一種姿勢壓迫著肚子，幾乎快要暈厥過去。小安來不及對牙科醫生說些什麼，牙科醫生已經蹲下身，探察我的呼吸道是否通暢，確定沒有任何問題，他掀開我的衣服扯開褲子。身體裸露的瞬間，一陣寒意從暴露於空氣的皮膚竄進身體內。

要不要到可以避風雪的地方？小安問。

來不及了，小孩快要生出來了，牙科醫生回答。

說這句話時，牙科醫生其實沒有把握嬰兒到底什麼時候要來到這個世界。剛才，他隱約看見大腿內側佈滿黑色毛髮，但又無法確定是嬰兒胎頭，或是原本就長在那裡的陰毛。他不善於將眼睛注視在女性的會陰部，在此刻，他只能以醫生的本能，讓一切保持原狀，等待狀況發生時再依狀況處理。

我們都在等待，只有肚子裡的嬰兒等不了。穩定而間歇的子宮收縮，頻率愈來愈快，強度也愈來愈強。我依舊感覺不到陣痛感，只是由於宮縮強度從身體裡不間斷投射出來，讓我不停更換姿勢。

牙科醫生不明白，沒有陣痛感覺的肚子裡的嬰兒，是不是還活著？他希望自己能夠做點什麼。聽一聽肚子裡的嬰兒是否還有心跳聲。當隆起的肚子再次佔據視線時，牙科醫生發現，竟然連一個聽診器也沒有。

牙科醫生愣愣地看著眼前隆起的肚子，失去了判斷能力。嘈雜聲將他帶回現實。攝影師與胖記者同時抵達，小安見狀趕緊將大衣蓋住我敞露的身軀，年輕護士則在一旁忙著擦拭掉落在我臉上的潮濕雪片。

攝影師的攝影機鏡頭對著我，胖記者則不斷地按下數位相機的快門。小安試圖擋住他們視線，但沒有成功。不久，當他們發現都是相同類似的影像，覺得索然無味便停止了拍照。

你不是牙科醫生嗎？攝影師放下攝影機驚訝地說。

胖記者望著我隆起的肚子，又看向沉默不語的牙科醫生。我疑惑凝視默默點頭的小安。這時，從我的子宮深處傳遞出來的收縮感，又讓我的身體像蝦米般蜷曲起來。

再去找一些人過來，愈多愈好，牙科醫生說。

攝影師與胖記者很快地分頭離開。胖記者穿梭在馬路上的雪堆裡，沿路試著敲門。攝影師往辦公大樓的電台奔去，迎面而來的大雪，讓他在來回奔跑中，感覺雙腿痠痛發軟，像是跑了一整天的新聞。好不容易來到電台，ＤＪ王正瞇眼打盹，攝影師沒有叫醒他，直接坐在控音室，停止正在播放的熱門舞曲。他對著麥克風焦急激動地說話。被聲音吵醒的ＤＪ王愣愣看著攝影師，攝影師招手要他進入控音室，囑咐他每隔十分鐘，重複剛才的話。直到他回來。

當攝影師與胖記者陸續回來時，他們後面一個人影也沒有。醫生指使在場的人圍攏靠在一起，白色小狗也跟在他們腳邊。兩條黑狗不時想要撲到我身上，被適時制住後退到不遠處，但眼神仍緊緊盯著，默默在周邊徘徊。幾個人圍在一起，風雪鑽過縫隙強烈吹在我身上。過了很長一段時間，幾名男女走過來。在腳縫與腳縫之間，我看著從各處移動過來的腳往我的四周靠攏。不同顏色光澤，不同面料材質的褲子，看得眼花撩亂。此時的我非常疲憊，宮縮也愈來愈激烈。然而，雪似乎塞住了所有聲音，只剩下腳在雪地上移動的噪音，隨著宮縮時間加長，周圍聲音聽起來愈大聲。不久便轟隆隆炸響開來。

我再次感受到一股強烈宮縮，這一次和先前有著截然不同感受。腹部周圍飽脹堅硬，一股巨大壓力不斷向會陰部方向傳導。我感覺到兩腿內側被什麼東西卡住。在旁的小安緊張地看著牙科醫生和年輕護士。牙科醫生顧不得這麼多人在現場，掀掉我身上所有衣物。被白色蠟般黏液覆蓋的黑色胎毛，在陰道處隨著呼吸起伏忽上忽下移動。牙科醫生被這一幕畫面驚嚇得說不出話來，旋即將衣物蓋回我的身上。在場的人都看見了這一幕。包括小安在內，也被這從未見過的畫面震撼。他們彼此望著彼此，說不出話來。

嬰兒卡住了，年輕護士首先喊出聲音來。

牙科醫生像是突然驚醒過來，開始展開接生工作。小安蹲在我身旁，回頭看向圍在身邊的陌生人。他站起身，讓聚集的人群回過頭背面向著我。攝影師也跟著回頭，協助指揮人群彼此圈圍靠攏。由於人數過少，當一個圓圈完成時，我所擁有的空間連雙手也無法完全伸張。

白色雪花落在牙科醫生鏡片上，使得他眼前的景象又呈現白霧一片。他焦急地摘下鏡片擦拭重新戴回，不久鏡片又被霧氣染成灰濛濛。他再次摘下眼鏡放進口袋，用模糊眼睛看著眼前的會陰部。微微露出的嬰兒胎頭，還沒有臉孔。牙科醫生緊張地冒著冷汗，他需要更多空間。圍聚周邊的人往後退，圓圈變得更大一些。強勁風雪在剛疏離開的人群之間，猛然落下。

又有幾個人從遠處走過來。途中，有人的腳踩空陷進失修已久的下水道口。在其他人的幫助下，才將卡在洞口動彈不得的雙腳拔出來，但皮鞋遺失在雪堆裡，只能光著腳在寒冷雪地裡行走。他們繼續往圈圍在一起的人群走過去，並加入行列中。有些人偷瞄到會陰部上的胎頭，心頭驚了一下。此時，卡在陰道口上的胎頭已經停滯了許久時間。牙科醫生怕嬰兒窒息，用牙科用張口器，想將陰道撐開，讓嬰兒有足夠空間出來。然而牙科專用的張口器無法完全撐開陰道，嬰兒也沒有再往下探出頭來。牙科醫生焦慮地擦拭頭上汗滴與濕雪，年輕護士與小安不斷在我耳邊說話。牙科醫生再次拿起牙科用拉鉤，試著將嬰兒從子宮裡拖出來。嬰兒依舊沒有離開陰道，沒有離開我的身體。

怎麼辦，再不出來，嬰兒就要窒息了，年輕護士焦急地說。

年輕護士擔憂高亢的聲音，在背對背圈圍的人群中引起小小騷動。他們沒有聽見疼痛喊叫聲，卻都想轉過身來，看清楚發生什麼事情。胖記者偷偷把相機拿出來按下快門，在他周邊的人發現後齊聲責罵他。攝影師被現場氣氛感染，也想轉身瞭解最新情況，但此時的他，卻只是靜靜等待。大部分的人都安靜地站立在原處，雙腿盡量靠攏，努力不讓寒風灌透進來。

小狗有時安靜地待在人們的腳邊，有時會在周圍來回走動。那兩條黑狗被人群隔在外面，仍不時想乘機從腳縫鑽進去，但都不得而入。

在人群的周邊外圍，一雙又一雙的腳從四周遠方往這裡走過來。既急促又緩慢地過來。他們到來，像水面上的漣漪往外擴散，圍起來的圓圈一圈比一圈還要大。彼此靠著彼此，並且讓兩腿盡其所能地併攏。為了防風雪灌入，有人還將身上衣服脫下，或將隨手從家裡帶來的雜誌報紙，塞在兩腿之間試圖阻隔風雪。時間一分一秒過去，被圈圍在中間的群眾，開始感覺到悶熱。有人想要往外走，出去透透氣，但圍聚的人形成一道密實巨大的人牆，讓他很難穿過去。在他附近的人，同樣也感受到滯悶空氣在他們之間形成。

生了嗎？有人開始疑惑地問。

不知道，還沒有聽見哭聲，有人回答。

好奇的人愈來愈多，他們加入話題討論，也談起這場大雪。雪花繼續落在他們身上，黏貼在他們臉上，從遠處望，他們像巨大雪堆融入在周邊景致裡。在這同時，圈圍在最外圍的人群開始不安起來，他們肩並肩緊靠著，雙手放在口袋內，或是縮在袖子裡緊緊環抱自己身體。他們承受著最多的風雪，冷得直打哆嗦。

妳能不能回頭看看生了嗎？一名青年回過頭望向背後的女生說。

你回頭看看生了嗎？女生也回過頭，對她後面的人說。

一圈一圈的人，重複同樣話語，並且一個又一個回過頭想要藉以偷偷瞥看。站在內圈的人慢慢轉身，看見年輕護士正在我的腹肚上用力施壓，試圖讓嬰兒順著她推往的方向往下走。牙科醫生正用一支牙科用器械夾住嬰兒的頭，想讓嬰兒早一點離開產道。

我感覺像有人在用刀叉扎我的肉，但是卻不會疼痛。此時動彈不得的嬰兒會感到疼痛嗎？我不知道。已經筋疲力盡的我，只能不斷地喊著，我不行了，我沒有力氣了。

滿頭大汗的牙科醫生仍然不放棄。他回想起過去曾在Discovery中見過的畫面，試著模仿他們的方式，將嬰兒從我體內弄出來。此時，討論嬰兒即將生出來的消息，像電流傳導般一圈通過一圈由內不斷往外散播出去。他們聽見消息後，都屏息以待。圈圍在最外面飽受風雪的人，瞬間心裡似乎溫暖了起來。討論聲音愈來愈大聲，不斷鑽進我的耳朵。時間像是摔落在地上的指針，停止不動。突然，嬰兒整個身體像是被周邊轟隆隆聲音炸開般，從陰道內迸出來。圍在內圈的人群裡，有人偷偷瞥見這個畫面。一直緊繃情緒的攝影師鬆了一口氣，他想要回過頭拍攝，卻還是靜靜等待在那裡。胖記者不敢再輕舉妄動。消息很快地從圍觀群眾的內圈傳到了外圈，每個人臉上都跟著露出笑容。牙科醫生與小安鬆了一口氣。圍觀的人群，不約而同看著前方的背影鼓掌。

雪花落在清脆掌聲中時，人們卻還沒有聽見嬰兒哭聲。牙科醫生緊張地抱起嬰兒拍打，但嬰兒身體仍然呈現粉潤透明，沒有哭泣就像正在熟睡中。

牙科醫生全神貫注看著嬰兒，接著將自己口鼻對準嬰兒口鼻，用力吸出羊水。嬰兒還是沒有哭出聲音。圈圍的人群沒有人聽見嬰兒哭聲，面面相覷疑惑看著彼此，但沒有人回頭。圈圍在外的人禁不住好奇心，回過頭看向後面的人。幾個人彼此對視一眼後，其他的人也跟著回過頭去。如同節慶裡制定好的表演節目，一圈又一圈的人，接續回過頭。圈圍在最內圈的胖記者，與眼前眾多眼睛相視後，也趕緊回過頭去。

我感覺有什麼東西牽扯住了，叫了出來，臍帶還沒有剪？

已經剪斷了。年輕護士回答，她用衣物包裹住嬰兒身體的瞬間，胖記者迅速按下快門。

男孩還是女孩？有人問。

回去看報紙就知道了，胖記者回答。

誰知道明天報紙會不會刊出來？群眾裡，有人突然生氣地大聲說，我們已經很久沒有看見報紙了。

原本密實的人牆開始鬆動，圈圍在外圍的人突然向內推擠，處在中間的人隨著人群移動的方向又全都往內湧進。他們推擠著想要搶下胖記者手中的數位相機，有人尖叫哭喊，有人被絆倒在雪地上，當成軟綿綿的雪堆踩踏著。兩條黑色的狗乘機鑽了進去。沒有人制止。愈來愈大的風雪落在他們臉上、身上。小安抱住我，試圖阻擋層層推擠的人群。我感覺嬰兒還在我身體內隨著人群搖晃。推擠中，為了停止紛爭，年輕護士高舉嬰兒面對群眾。嬰兒像是從我體內被用力扒開。年輕護士迅速掀開裹住嬰兒的衣物，赫然發現還有一條臍帶連接在母體身上。

醫生，怎麼會有兩條臍帶？年輕護士驚訝地大聲問。

牙科醫生也驚訝地看著那條臍帶。

我抬頭看向嬰兒，但嬰兒被圍住的人群擋住。我心想，他們說的是臍帶上的兩條動脈嗎？如果是的話，那是正常的啊！

嬰兒真的有兩條臍帶嗎？一條負責供給血液氧氣，那麼，另外一條提供什麼給嬰兒？他們一定是搞錯了。這不是牙科醫生與年輕護士的專業，他們的判斷或許不準確，這麼想的時候，牙科醫生喊著，快把它剪掉。

年輕護士正在尋找剪刀，兩條黑狗飛撲過來，咬斷連接在我與嬰兒之間的長長臍帶。叼在黑狗嘴巴裡的斷殘臍帶鮮血四散，白色小狗上前卻被推擁的人群踩到尾巴嗚咽叫著，只好跟在黑狗後面舔食一路滴落雪地上的血跡。人們還來不及反應，尖叫聲此起彼落從嘈雜聲中響了起來，兩條黑狗也乘機鑽出人群。

小安與醫生被人群阻擋了視線，沒有看見躺在年輕護士懷裡的嬰兒身體漸漸發紺。我也沒有看見。一股劇烈像是被火山爆炸的滾燙岩漿流過，灼熱的疼痛從我身體深處燃燒起來。殘存在我身體一端的臍帶，與沾滿血液的胎盤順著產道流了出來。紅色鮮血融化在白色雪地上，很快就被人群踩踏。我淒厲哭喊，用力抓了一把雪。原本鬆散的雪，突然被壓縮成硬邦邦的紅色雪塊躲在掌心，一動也不動。哭泣尖叫聲四處響起。一片白茫茫中，巨大的雪球劇烈地顫動著。攝影機掉落雪地上，攝錄從遠方不同方向緩慢移動過來的黑影團，把人牆圍得更巨大。

國家圖書館預行編目資料

嬰兒廢棄物／彭心柔著. -- 初版. --
臺北市：寶瓶文化, 2010. 10
面；　公分. --(Island；131)

ISBN 978-986-6249-23-5（平裝）

857.63　　　　　　99015935

Island 131

嬰兒廢棄物

作者／彭心柔

發行人／張寶琴
社長兼總編輯／朱亞君
主編／張純玲・簡伊玲
編輯／施怡年
美術主編／林慧雯
校對／施怡年・陳佩伶・黃素芬・彭心柔
企劃副理／蘇靜玲
業務經理／盧金城
財務主任／歐素琪　業務助理／林裕翔
出版者／寶瓶文化事業有限公司
地址／台北市110信義區基隆路一段180號8樓
電話／(02) 27494988　傳真／(02) 27495072
郵政劃撥／19446403　寶瓶文化事業有限公司
印刷廠／世和印製企業有限公司
總經銷／大和書報圖書股份有限公司　電話／(02) 89902588
地址／台北縣五股工業區五工五路2號　傳真／(02) 22997900
E-mail／aquarius@udngroup.com

法律顧問／理律法律事務所陳長文律師、蔣大中律師
如有破損或裝訂錯誤，請寄回本公司更換
著作完成日期／二〇一〇年
初版一刷日期／二〇一〇年十月
初版二刷日期／二〇一〇年十月一日
ISBN／978-986-6249-23-5
定價／二七〇元

Published by Aquarius Publishing Co., Ltd.

財團法人｜國家文化藝術｜基金會 National Culture and Arts Foundation　補助出版

AQUARIUS 寶瓶 文化事業

愛書人卡

感謝您熱心的為我們填寫，
對您的意見，我們會認真的加以參考，
希望寶瓶文化推出的每一本書，都能得到您的肯定與永遠的支持。

系列：Island131　**書名：嬰兒廢棄物**

1. 姓名：＿＿＿＿＿＿＿＿　性別：□男　□女
2. 生日：＿＿年＿＿月＿＿日
3. 教育程度：□大學以上　□大學　□專科　□高中、高職　□高中職以下
4. 職業：＿＿＿＿＿＿＿＿
5. 聯絡地址：＿＿＿＿＿＿＿＿＿＿＿＿＿＿＿＿
   聯絡電話：＿＿＿＿＿＿＿＿　手機：＿＿＿＿＿＿＿＿
6. E-mail信箱：＿＿＿＿＿＿＿＿＿＿＿＿
   □同意　□不同意　免費獲得寶瓶文化叢書訊息
7. 購買日期：＿＿ 年 ＿＿ 月 ＿＿日
8. 您得知本書的管道：□報紙／雜誌　□電視／電台　□親友介紹　□逛書店　□網路　□傳單／海報　□廣告　□其他
9. 您在哪裡買到本書：□書店，店名＿＿＿＿＿＿　□劃撥　□現場活動　□贈書　□網路購書，網站名稱：＿＿＿＿＿＿　□其他＿＿＿＿＿＿
10. 對本書的建議：（請填代號　1. 滿意　2. 尚可　3. 再改進，請提供意見）
    內容：＿＿＿＿＿＿＿＿＿＿
    封面：＿＿＿＿＿＿＿＿＿＿
    編排：＿＿＿＿＿＿＿＿＿＿
    其他：＿＿＿＿＿＿＿＿＿＿
    綜合意見：＿＿＿＿＿＿＿＿＿＿＿＿＿＿＿＿＿＿＿＿
11. 希望我們未來出版哪一類的書籍：＿＿＿＿＿＿＿＿＿＿＿＿

讓文字與書寫的聲音大鳴大放

寶瓶文化事業有限公司

（請沿此虛線剪下）

廣 告 回 函
北區郵政管理局登記
證北台字15345號
免貼郵票

寶瓶文化事業有限公司　收

110台北市信義區基隆路一段180號8樓

8F,180 KEELUNG RD.,SEC.1,

TAIPEI.(110)TAIWAN R.O.C.

（請沿虛線對折後寄回，謝謝）